맨땅에 캠핑

맨땅에 캠핑

무작정 캠핑에 뛰어든 캠린이의 영혼 가출 현장 일기

넋 다운된 어른들을 위한 불멍 힐링 에세이

B 북플리오

나는 돌아오기 위해 떠난다

누군가 그랬다. 직장인들은 3년에 한 번씩 위기를 겪는다고. 처음 그 말을 들었을 때 나는 그게 무슨 소리냐며 코웃음을 쳤다. 회사 생활 10년 동안 내게 위기라고 부를 만한 일이 없었기 때문이다. 나는 업무에 자부심을 느끼며 열정적으로 일했고, 조직 내에서도 나름대로 인정받으며 무난한 사회생활을 하고 있던 터였다.

하지만 마흔 살이 되면서 모든 게 변했다. 미치도록 회사를 그만 두고 싶어졌다. 동시다발적이고 복합적인 이유였다. 그동안 잘 해 왔다고 생각했던 건 나만의 착각이고 교만이었다. 나는 오랜 시간 동안 스스로 업보를 쌓고 있었다. 이기적인 말과 행동으로 타인에게 상처를 주었고 사람들은 그런 나를 곱게 봐줄 리 없었다. 회사도 사람 사는 곳이니 갈등이 생기는 건 당연지사지만 나는 인간관계에 서툴렀다. 나는 내가 사는 모습만을 정답이라고 생각했던 재수 없는 꼰대였다. 내가 보냈던 상처의 화살은 부메랑이 되어 내 가슴 깊은 곳에 박혔다.

관계가 틀어지자 일도 싫어졌다. 기계적으로 출근하며 키보드만 두드리는 내 모습을 보았다. 태양의 표면보다도 뜨거웠던 열정은 온데간데없이 사그라들었고 실수도 잦아졌다. 무너지는 건 한순간이었다. 나는 어느새 교만하고 태만하고 이기적인 사람이 되어 있었다.

나는 나약했다. 지금까지 쌓아놓았던 삶의 궤적이 한순간에 무너지는 기분이었다. 이곳에서 버틸 수 있을까. 회사를 그만두겠다고 하자 아내는 대책도 없이 어떻게 그런 생각을 할 수 있냐며 울었다. 턱밑까지 올라온 퇴사 욕구는 경제적인 현실 앞에 무릎을 꿇었다. 이중인격자가 된 것처럼 '그만두고 싶다'와 '그만둘 수 없다' 사이에서 끝없이 갈등하며 쓰디쓴 시간을 삼켰다. 존버 정신, 젖은 낙엽, 기타 모든 문장과 용어들을 동원해 나를 다독였다. 하지만 이대로라면 몸에 병이 날 것만 같았다.

더는 못 버티겠다고 느꼈을 때 밖으로 시선을 돌렸다. 그렇게 캠핑을 시작했다. 끔찍할 정도로 피폐해진 몸과 마음을 돌려놓기 위해 내가 선택한 처방전은 집 밖으로 나가 자연 속에서 시간을 보내는 것이었다. 그곳은 판타지 세계였다. 영화 '아바타'의 주인공이 그랬듯 캠핑을 하는 동안에는 지독한 현실을 잊을 수 있었다. 강물과 파도 소리를 들었고 나뭇잎을 따라 걸었다. 책을 읽었고, 때로는 알코올에 취했다. 쌓여가는 추억의 크기만큼 내 옆에 있는 가족의 소중함을 알았다. 그렇게 나는 힘든 시간을 살아냈다.

캠핑의 앞글자도 모르던 나의 캠핑 도전기는 전혀 순탄치 않았다. 인터넷을 통해 캠핑 관련 지식과 정보를 열심히 머릿속에 집어넣었지만, 현실은 달랐다. 막상 나가보면 어렵고 부족한 것투성이였다. 이보다 더 완벽할 수 없다 믿었던 계획과 준비는 항상 어설펐고 우리의 캠핑은 늘 삽질로 시작해서 삽질로 끝났다. 힘들었다. 개고생도 이런 개고생이 없다. 그런데 이상하다. 집에 돌아오면 몸은 힘든데 마음속은 에너지로 가득 차 있다. 정신이 건강해진 기분이랄까. 묘한 즐거움을 느끼며 서서히 캠핑에 중독되었다. 지옥 같은 회사 생활을 버텨내고 주말이 되면 짐을 싣고 떠났다. 산으로, 강으로, 바다로. 차박과 오토캠핑을 가리지 않았다. 언제부터 내 사주에 역마살이 끼었을까 궁금해질 정도로 캠핑에 환장한 사람이 되어버렸다.

잊으려고 떠났다 돌아오기를 반복하던 어느 날 비로소 알 수 있었다. 아무리 발버둥 쳐봤자 현실은 끈질기도록 내 앞에 다시 나타난다는 것을. 그리고 생각했다. 피할 수 없다면 억지로 외면하지 말아야겠다고. 나는 이제 용기를 내야 한다. 다시 한번 내 삶을 두드려야 한다.

이 책은 현실 도피로 시작한 나의 캠핑 일기다. 우울하기 그지없었던 지난날은 이제 추억으로 남았다. 자연에서 보낸 시간이 상처 입은 영혼을 다독여준 덕분이다. 캠핑을 떠나지 않았다면, 나는 여전히 스스로 만들어낸 지옥의 구렁텅이에 빠져 허덕이고 있었을지도 모른다. 언제나 내 편이 되어주는 가족, 그리고 좋은 사람들과 보냈던 꿈같은 순간 덕분에 나는 이 지독한 현실을 받아들이고 이겨낼 힘을 찾게 되었다.

한낮의 태양이 싫어 떠난 곳에서 별빛의 이야기를 들었다. 이제 네가 있던 곳으로 돌아가라고. 현실이 두려워 부단히 밖으로 뛰쳐나갔던 나의 캠핑 일기를 들여다보니 이제야 조금씩 알 것 같다. 어쩌면 나는 내 자리로 다시 돌아오기 위해 떠났던 게 아닐까. 내게 주어진 일상을 받아들이고 다시 최선을 다하기 위해서. '집 나가면 개고생'이라는 말처럼 덥고, 춥고, 다녀오면 몸만 피곤하지만, 캠핑은 분명 지쳐 있던 내 삶에 호랑이 기운을 불어넣는 영양제이자 엔도르핀이 되어주었다. 그렇기에 나는 오늘도 기꺼이 그 개고생을 받아들인다.

차례

1부. 삽질로 시작해 삽질로 끝나다 🏕

2부. 캠핑 최적화의 기술 🏕

3부. 대환장 파티! 뒷목 땅기는 상황이 가끔은 축복이 되다

4부. 나는 돌아오기 위해 떠난다

1부

estd 2021

삽질로 시작해
삽질로 끝나다

텐트를 던져버리고 싶었다

본격적인 아웃도어 라이프가 시작됐다. 물론 현실은 누가 봐도 초보 티가 팍팍 나는 캠린이(캠핑+어린이)다. 인터넷을 뒤적거리다 동그란 원터치 텐트를 하나 주문했다. 주워들은 지식으로 3인 가족이 쓰려면 적어도 4~5인용 텐트를 사야 한다는 것쯤은 알고 있다. 게다가 던지면 저절로 펴지는 텐트라니! 어릴 적 우리 아버지는 땀을 뻘뻘 흘리며 맨땅에 팩을 박았었는데. 세상 정말 좋아졌다.

잠자리가 준비되었으니 이제 떠날 준비를 해보자. 돗자리와 라면, 조리도구 등등 출정 준비를 마쳤다. 아이가 바다에 가고 싶다고 해 열심히 검색해보니 우리 집에서 한 시간 남짓한 곳에 대부도 방아머리 해수욕장이 있다. 무료에다 갯벌 체험도 할 수 있다고 하니 아들 녀석과 좋은 시간을 보낼 수 있을 것 같다.

드디어 나도 캠핑 간다! 부풀었던 기대감에 밤잠을 설쳤다. 아직가지도 않았는데 피곤해 죽겠다. 혼자 신이 나서 새벽부터 일어나짐을 챙겼지만, 아이 밥을 먹이고 대부도에 도착하니 11시였다. 이미 꽤 많은 사람이 진을 치고 있었다. 그나마 괜찮은 자리를 골라텐트를 쳤다. 아니, 던졌다. 용수철처럼 펴지는 이 녀석. 정말 물건이다. 정확하게 2초 걸렸다. 주변에 큰 돌을 주워 날아가지 않게 대충 고정을 하고 짐을 풀었다. 자, 이제 놀아볼까?

그런데 문제가 생겼다. 아침에는 괜찮았는데 해가 높아질수록 날씨가 더워진다. 그늘 하나 없는 해변의 태양 앞에 원터치 텐트는 아무짝에도 쓸모가 없었다. 밖에는 바람이라도 불지. 텐트 안에는 찜질방의 온기가 가득했다. 심지어 창문을 열었는데도 그렇다. 그저 덩그러니 펴져만 있을 뿐. 나는 들어가지도 못할 텐트를 바라보며 대체 어디서부터 잘못되었을까를 생각했다. 아내는 더워 죽겠다며 눈을 흘겼다. 옆자리를 보니 어떤 가족이 커다란 타프 아래 그늘에서 편안하게 휴식을 취하고 있었다. 우리 또래 같은데. 그게 그렇게 부러울 수가 없다. (이때부터 나는 '타프'라는 물건에 눈을 뜨게 된다.)

어쨌든 여기까지 왔으니 갯벌이라도 나갔다 오자. 모래사장에 신발을 가지런히 벗어놓고 갯벌로 들어갔다. 발이 쑥쑥 빠지는 드넓은 진흙밭이 신기했는지 아이는 아빠의 손을 꼭 잡은 채 감탄사를 연발했다. 땅을 파보니 하얀 동죽이 자태를 드러내고, 일광욕을 즐기던 꽃게는 잡힐세라 잽싸게 제집으로 숨었다. 느릿느릿 기어가는 밤게를 잡고 놀았다. 즐거워하는 아이를 보니 마치 '모범 아빠'가 된 기분이다.

하지만 이것이 이날의 유일했던 해피 타임이었다. 조개와 게를 잔뜩 잡아 만선의 기쁨을 안고 자리로 돌아왔건만, 우리 자리에는 아무도 없었다. 아내는 텐트를 방치한 채 건물 쪽 그늘로 피신해 있었다. 원래는 여기서 라면이라도 끓여 먹을 계획이었지만, 더운 날씨에 엄두조차 낼 수 없었다. 안 되겠다. 철수하고 저 앞에 있는 식당으로 가자. 그래. 접자 접어.

진짜 문제는 거기서부터 시작됐다. 이놈의 원터치 텐트를 펴는 것만 알았지, 접는 방법은 몰랐던 것이다! 열심히 설명서를 살펴보고 따라 했지만, 아무리 접어도 케이스보다 훨씬 더 큰 동그라미가 만들어질 뿐이었다. 이상하다. 여기서 한 번 더 돌려야 하나? 이렇게 구부리면 되는 것 같은데…… 힘으로 하다가 새로 산 텐트가 부러질 듯했다. 가뜩이나 더운 날씨에 땀이 줄줄 흘렸다. 아오. 짜증나! 화가 나서 텐트를 던지듯 바닥에 내팽개쳤는데 이놈의 텐트가 나를 놀리듯 활짝 펴진다. 아 미치겠다. 땀은 줄줄 흐르고 더워 죽겠다. 갖다 버리고 싶다. 나는 왜 텐트 하나를 못 접어서 이런 고생을 하고 있을까. 누가 저 좀 도와주세요. 아니, 살려주세요.

나의 간절한 염원이 바닷바람을 타고 흘러갔는지, 낑낑대던 나를 보고 인상 좋은 또래 아저씨 한 분이 다가왔다. "제가 도와드릴까요?", "네…… 제발요." 알고 보니 팝업 텐트를 접는 법은 간단했다.

텐트를 세운 다음 8자로 만들어 동그라미 두 개를 겹치도록 집어넣는 게 핵심이다. 유레카! 이렇게 쉬운 것을 왜 못했지? 고맙다는 인사를 하고 주위를 둘러보는데 마음이 부끄럽고 막 그렇다. 그때 방아머리 해수욕장에 있던 많은 사람이 나에게 연민의 마음을 보냈을 것이다. 저를 잊어주세요.

그날 이후로 나는 원터치 텐트의 달인이 되었다. 말 그대로 원-터치로 펴고, 접어 넣을 수 있다. 딱 한 번만 제대로 배우면 된다. 무엇보다 여름에는 간편한 텐트가 최고다. 부끄러움으로 가득했던 그날, 우리 가족의 첫 캠핑을 함께 해준 텐트는 닳고 닳아 여기저기 해지고 지저분해졌지만, 아직도 발코니 수납장에 잘 보관되어 있다. 일 년 치 땀을 다 흘렸던 그때의 소중한 추억을 간직한 채로.

방아머리 해수욕장 갯벌

텐트는 비와 바람을 막아주는 캠핑의 필수 장비다. 비박을 하거나 야전침대를 사용하는 경우가 아니라면, 기본적으로 텐트가 있어야 잠을 잘 수 있다. 캠핑을 시작할 때 가장 먼저 구매하는 장비인 텐트. 어떤 걸 골라야 할까? 캠린이 주제에 이런 팁을 쓰는 게 굉장히 외람되지만, 이놈이 저놈 같고 저놈이 이놈 같았던 텐트 때문에 고생했던 나의 과거를 독자 여러분들은 경험하지 않길 바라는 마음으로 용기를 냈다.

일단, 텐트의 종류는 정말 매우 많다. 자동(원터치) 텐트, 돔 텐트, 거실형 텐트(리빙쉘), 쉘터 텐트, 루프탑 텐트 등등 명칭으로만 분류해도 끝이 없을 정도다. 대표적인 텐트만 간략히 살펴본다.

원터치 텐트는 말 그대로 간편하게 치고 접을 수 있는 텐트를 말한다. 동그랗게 말려 있다 던지면 퍼지는 팝업 텐트와 우산을 뒤집어놓은 것처럼 스킨과 폴대가 일체형으로 되어 있는 간편식 텐트도 있다. 설치와 철수가 편하고 비교적 무게가 가볍다.

돔 텐트는 스킨에 별도 폴대를 조립하여 끼운 다음 자립을 시키는, 우리가 흔히 생각하는 일반적인 텐트다. 비가 오면 플라이를 씌우기도 한다. 텐트 외에는 별도의 공간이 없어 주로 여름철에 타프와 함께 사용한다.

거실형 텐트(리빙쉘)는 별도의 전실 공간이 있는 대형 텐트를 말한다. 전실을 주방이나 추가 침실로 활용할 수 있다. 동계에는 난로 설치가 가능한 거실형 텐트를 주로 사용한다. 당연히 돔 텐트에 비해 부피가 크고 무겁다.

쉘터는 텐트의 바닥이 없는 형태다. 미니 쉘터부터 타프쉘까지 크기와 모양이 다양하다. 야전침대를 놓고 지낼 수도 있고, 쉘터 안에 별도의 텐트를 설치하기도 한다. 바닥이 뚫려 있어 그라운드시트를 깔고 좌식 생활도 가능하다. 여름철에는 벌레가 습격할 수 있다.

그 외에도 티피 텐트(인디언 텐트), 차 위에 올리는 루프탑 텐트, 폴딩 트레일러 등이 있으나 이 레벨은 초보의 수준을 넘어서므로 굳이 적지 않아도 될 것 같다.

세상에는 내가 아직 구경하지도 못한 텐트가 수두룩하다. 이렇게 다양한 텐트 속에서 알맞은 텐트를 고르려면 계절과 인원, 캠핑 방식과 본인의 성향 등을 미리 고려해야 한다. 간편함을 최우선으로 하는 사람이라면 자동 텐트를 선택할 것이고, 겨울철 난방을 고려한다면 쉘터나 거실형 텐트를 고르면 된다. 나처럼 귀찮은 걸 싫어한다면 손이 많이 가지 않는 텐트를 찾아보라. 그래서 지금 어떤 장비를 쓰냐고? 책장을 계속 넘겨보자.

타프는 남자의 로망……은 개뿔(1)

원터치 텐트를 접을 줄 몰라 끙끙대며 땀을 토했던 날. 방아머리 해변에서의 굴욕 같은 시간을 뒤로하고 집으로 돌아왔다. 소금기 가득한 옷을 벗으며 생각했다. 어쨌거나 캠핑을 계속하려면 반드시 타프가 있어야겠다고. 우리 애는 더워서 땀을 뻘뻘 흘리고 있는데 옆자리 따님은 시원한 그늘에서 한가로이 유튜브를 보고 있었으니, 아들 녀석에게는 그 장면이 어떻게 보였을까. 비교하는 걸 좋아하진 않지만, 자연스럽게 눈에 들어오니 어쩔 수가 없다. 아들아, 아빠가 미안해. 다음엔 꼭 그늘을 만들어줄게.

타프를 사기 위해 다시 인터넷을 뒤적거렸다. 타프에 대해 검색하니 대략 두 종류다. 헥사 타프와 렉타 타프. 그늘이 더 풍부하다고 하는 렉타 타프를 골랐다. 뭣도 모르고 가격이 저렴한 제품을 택했다. 한참이 지난 후에야 알게 되었지만, 저렴한 제품은 블랙 코팅이 되어 있지 않아 햇빛을 완벽하게 차단해주지 못한다. 고로 작열하는 태양 아래에선 무지하게 덥다. 결국, 얼마 지나지 않아 중고로 팔아버렸다는 슬픈 전설이 전해진다.

얼른 나가서 타프를 쳐보고 싶은데 아직 화요일밖에 안 됐다. 시간이 왜 이렇게 안 갈까 생각하는 걸 보니 어느새 캠핑에 푹 빠진 기분이다. 어디로 가야 할지를 모르니 이번에도 대부도에 가기로 했다. 한번 가봤다고 그곳의 풍경이 눈앞에 펼쳐졌다. 모래사장에 멋들어지게 설치된 커다란 타프를 상상하며 유튜브 영상으로 타프 치는 법을 공부했다. 흠, 이거 쉽지 않네. 그래도 가서 부딪혀보면 되겠지?

오매불망 기다렸던 금요일 밤 번개처럼 대부도에 도착해 모래사장에 원터치 텐트를 던졌다. 인근 수산시장에서 공수한 오징어회와 소주 한잔. 시원한 파도 소리에 스트레스가 깨져 날아간다.

다음 날 아침, 반짝이는 햇빛이 나를 깨웠다. 일어나라. 이제 타프를 칠 시간이다. 태양이 말하는 소리가 들리는 듯했다. 박스째 뜯지도 않은 새 타프를 그제야 개봉하며 기대에 찬 표정을 지었다. 좋아. 이제 남자의 로망, 타프를 설치해볼까?

그런데 말입니다.

멘붕에 빠졌다. 스트링(끈)이 별도로 되어 있었던 것이다! 어라? 끈을 어떻게 묶어야 하지? 내가 본 동영상에서는 타프에 끈이 붙어 있었는데? 뭐 어쩌라는 거지? 길이를 재서 잘라야 하나? 어디에 묶는 거지? 뭐가 이렇게 어려운 거야.

다시 유튜브를 켰지만 아무리 돌려 봐도 스트링에 관한 얘기를 찾을 수 없었다. 안 되겠다. 대충이라도 묶어서 연결해보자. 한참을 공부하고 다시 타프 설치에 도전했다. 아내가 옆에서 거들어주었지만 우리는 도저히 그늘을 만들어낼 수 없었다. 세우면 쓰러지고 팩이 뽑혀 쓰러지고 이쪽을 세우면 저쪽이 쓰러지고 천이 바람에 날려 또 쓰러지고…… 제발 일어나라고 이 자식아! 젠장! 뭐가 이리 줏대가 없어!

한 시간을 씨름하다 타프를 내려놓았다. 아이가 배고프다고 징징댔고, 아내의 표정 역시 짜증으로 가득 차올랐기 때문이다. 얘들아, 미안한데 제일 마음 아픈 사람은 나야. 이곳은 아무래도 터가 안 좋은 것 같다. 나는 왜 대부도에만 오면 굴욕스러운 시간을 보내는 걸까. 다른 사람들처럼 뚝딱 설치하는 기술은 나에게 정녕 로망일 뿐일까.

집에 돌아와 다시 폭풍 학습에 들어갔다. 캠핑 좀 다닌다는 친구와 통화를 하며 무엇이 잘못되었는지를 되짚었다. 뭐 눈에는 뭐만 보인다더니 자려고 침대에 누웠는데 타프를 치는 장면만 계속 떠오른다. 나는 지금 해변에 와 있다. 머릿속으로 끊임없이 상상 훈련을 한다. 마치 예전에 당구에 푹 빠졌을 때 눈을 감으면 사각형의 녹색 당구대가 나타나 이리저리 공이 굴러다니던 것처럼.

지나고 보니 알겠다. 모래사장에서 고작 20cm짜리 얇은 팩으로 끙끙댔으니 당연히 실패할 수밖에. 단단하게 고정될 리 없는 어설픈 팩을 가지고 타프를 치겠다는 건 만용이 아니라 어리석음일 뿐이다. 태양을 가리는 일을 그렇게 쉽게 보지 말라.

우리 가족이 타프를 제대로 칠 수 있게 된 시기는 40cm짜리 장팩을 구입하고 두어 번의 캠핑을 더 다녀온 뒤부터다. 조금 슬픈 얘기지만 이날의 기억이 약간의 트라우마가 되었는지 나는 여전히 타프 치는 작업이 귀찮다. 물론 지금은 혼자서 칠 수 있다. (믿어달라.) 아무튼 타프는 어렵다. 내가 요즘 타프를 치기 싫어 차박을 주로 다니고 있다는 건 진짜 비밀이다.

캠린이's Story

타프는 햇빛이나 비 등을 피하고자 사용하는 가림막이다. 타프(tarp)라는 말 자체가 타폴린(tarpaulin, 방수 처리한 천)의 줄임말이라고 한다. 타포린백만 알았지 타프가 그런 뜻이라고는 전혀 생각하지 못했다.

타프는 모양에 따라 렉타 타프와 헥사 타프로 나뉜다. 렉타 타프는 사각형 모양이며, 여섯 개의 폴대를 이용한다. 넓은 그늘을 만

돔 텐트와 렉타 타프

들어주지만, 바람에 취약하다는 단점이 있다. 헥사 타프는 육각형 모양이며, 두 개의 폴대를 이용한다. 딱 봤을 때 '폼'이 난다는 장점이 있지만, 그늘 면적은 별로다. 타프와 쉘터를 결합한 타프쉘, 타프에 걸어 설치하는 타프스크린도 있다.

타프를 설치할 때 핵심은 기준 폴대가 흔들리지 않아야 한다는 점이다. 그러기 위해서는 팩을 단단히 박아야 하고, 짧거나 얇은 팩은 잘 뽑히기 때문에 적어도 25~30cm, 해변 모래에서는 40cm 이상의 장팩으로 설치해야 한다. 또한 흔들리지 않도록 스트링을 팽팽하게 당겨 고정한다. 타프 설치법은 유튜브에 잘 소개되어 있으니 반복 재생하여 미리 숙지하시길. 여러분들은 절대로! 저처럼 개고생하지 않았으면 좋겠다.

개미지옥(1): 캠핑 장비의 유혹

네펜데스라는 식물이 있다. 벌레를 잡기 위한 주머니가 달려 있어 우리에겐 '벌레잡이통풀'이라는 이름이 더 익숙하다. 네펜데스의 포충 주머니 입구에는 꿀샘이 있는데 여기에서 나오는 달콤한 꿀 냄새가 각종 벌레를 유인한다. 유혹에 빠진 벌레가 주머니 입구에 앉아 꿀을 핥기 시작하면 어느새 미끄러운 통 속으로 빨려 들어가버리고 만다.

지독한 함정에 걸려들었다.

보통의 삶을 살아가는 사람이 평생 이런 생각을 몇 번이나 하는지는 모르겠지만, 나는 지금까지 딱 두 번 해봤다. 담배에 중독되었을 때 그리고 지금 이른바 '개미지옥'이라 불리는 캠핑 장비의 늪에 빠졌을 때. 다단계 금융사기에 빠지지 않은 것을 그나마 다행이라고 여기고 있다.

내가 한 건 별로 없다. 그저 몇 번의 캠핑을 다녀왔을 뿐이다. 그런데 나도 모르는 사이에 병에 걸리고 말았다. 대한민국 캠린 이들의 공통 질병이라는 '장비병'이다. 이 병의 주요 증상은 이렇다. 1) 캠핑 장비를 보면 제일 먼저 갖고 싶다는 생각이 떠오른다. 2) 옆자리 캠핑족이 사용하는 물건을 주의 깊게 관찰한다. 3) 인터넷 검색을 통해 가격과 사용 후기를 꼼꼼하게 조사한다. 4) 지른다(결제한다). 5) 새로 산 장비를 써볼 생각에 잠을 설친다. 정말 부지런히 다녀봤자 한 달에 서너 번 가는 캠핑인데, 장비에 대한 욕구는 어지간한 약물중독 수준이다. 경험상 담배보다 무섭다. 그저 자연과 조금 더 가까이에서 행복한 시간을 보내고 싶었을 뿐인데 영문도 모른 채 갖고 싶다는 욕구만 가득하니 환장할 노릇이다.

에라, 모르겠다. 일단 써보자. 지르고, 사고, 구입하고, 결제하고. (같은 말이다.) 그러는 사이 집 안은 캠핑 장비로 넘쳐났다. 캠핑 물통, 종이컵 걸이, 랜턴, 양념통, 화로대, 스탠드, 쉘프, 별전구, 그냥 사본 텐트…… 지면 관계상 모두 말할 수 없음을 양해 부탁드린다. 아내에게 등짝 스매싱을 몇 대나 맞았는지 모르겠다. 택배가 하도 많이 와서 경비 아저씨가 "그 집에 무슨 일 있어요?"라며 물어보실 정도였으니까.

하지만 그 '어마무시한' 물건들을 전부 잘 사용하고 있느냐. 그렇

초보에게 이 정도면 완전 '럭셔리' 캠핑이다(feat. 친구네)

지 않다. 절반은 중고로 내다 팔았고, 나머지의 절반도 다른 제품으로 바꿨다. 캠핑 장비에 대해 아는 게 없으니 무작정 저렴한 제품으로 샀다가 갖다 버리기 일쑤였고, 큰맘 먹고 산 비싼 장비도 막상 필드에 나가 보면 기대했던 것보다 활용도가 적었다. 개미지옥에 빠져 허우적거리는 모습을 묘사하라면 그때의 내가 딱이다.

그러면 도대체 어떤 장비를 사야 하냐고!

일단 필요한 장비는 텐트와 매트, 햇빛과 비를 가릴 타프다. 이 정도면 잠은 잘 수 있다. 여기에 식사를 위한 테이블과 의자 정도면 된다. 나머지는 집에 있는 걸 그대로 가져가서 시작해도 무방하다. 돌이켜보니 나는 캠핑이 반복될수록 어떻게 하면 좀 더 편하게 지낼 수 있을까를 고민하며 자신을 개미지옥으로 몰아넣었다. 고작 하루 이틀 편하게 지내자고 그렇게도 많은 것들을 사재꼈다. 이러면 안 돼 하면서도 택배가 하나둘씩 도착할 때마다 느껴지는 묘한 행복감. 주말에 캠핑을 가면 이번에 새로 장만한 아이템을 배치하고 사용해볼 생각으로 밤잠을 설쳤다. 어쩌면 이런 상상이 캠핑의 가장 강력한 매력일지도 모르겠다. 물론 현실은 이랬지만.

'이거 있으면 좋겠는데?' (막상 가면 안 씀)
'옆 사람은 저런 걸 쓰네?' (막상 가면 안 씀 2) × 무한 반복
'와 저거 너무 예쁘다!' (한 번 쓰고 안 씀)

본격적으로 캠핑을 시작한 지 2년이 되었지만 나는 지금도 개미
지옥에서 허우적대고 있는 내 모습을 가끔 발견한다. 물론, 이제는
나의 캠핑 스타일이 어떤지 파악했고 그에 따라 장비도 수정해가
면서 대략 정리가 되었다. 하지만 아직 갖고 싶은 것도 사고 싶은
것도 많은 초보 캠퍼다. 이성과 감성 사이에서 이리저리 방황하는
캠린이. 어쩌면 나는 아직도 욕심 가득한 중년의 어린아이일지도
모르겠다.

캠린이's Story

"할많하않" 할 말은 많으나 하지 않겠다. 부끄러우니까.
누군가 내게 캠핑 장비에 대해 말해보라면 이렇게 대답하고 싶다.
따지고 보면 캠핑 준비물에는 정석이 없다. 본인의 취향대로, 때와
장소에 필요한 물품을 챙기면 그만이다. 그런데도 캠핑을 몇 번
다녀오면 이상하게 '자동으로' 개미지옥에 빠진다. 나도 예외는 아
니었다.
캠핑용품을 구매하는 일은 우리의 삶과 많이 닮았다. 나도 모르는
사이에 다른 사람의 시선을 의식하게 된다. 내가 보기에 좋은 것
보다는, 남들 보기에 좋은 장비를 많이 산다. 그렇기 때문에 막상
써보면 나한테 맞지 않는 것들도 생겨난다. 옆 텐트의 화려한 장

비발에 쫄지 말자.

캠핑 장비를 살 때는 오프라인 매장에서 체험해본 후에 구매하길 권한다. 캠핑의 인기가 날로 높아지면서 캠핑용품점도 많아지고 있다. 고릴라캠핑, 캠핑고래, 캠핑트렁크 같은 체인점 외에도 지역 별로 많은 매장이 있으니 꼭 방문해 실물을 확인하면 좋겠다. 텐 트나 테이블 같은 중요 장비들은 오프라인 매장이 인터넷 최저가 보다 저렴하다. 기왕 지르는 김에 효율적으로 질러야 하지 않겠는 가!

또한 중고장터를 이용하는 것도 좋은 방법이다. 확신이 없는 장비 라면 중고로 구매해서 사용해보고, 나와 맞지 않으면 다시 시장에 내놓으면 된다. 그렇게 하면 큰돈을 낭비하지 않을 수 있다.

개미지옥의 끝은 캠핑카가 될 거라는 우스갯소리가 있다. 내 마음 이 어떻게 변할지는 모르겠지만, 일단은 여기에서 만족해야겠다. 이제야 조금씩 알게 되었기 때문이다. 좋은 장비를 사는 것보다 캠핑을 준비하고 그곳에서 소중한 사람과 함께 보내는 시간이 훨 씬 더 소중하다는 것을.

하마터면 모기 밥이 될 뻔했다

7월이 되고 날씨가 조금씩 더워졌다. 그래도 아직은 아침저녁으로 선선하니 캠핑하기 좋은 날씨다. 어제 급작스럽게 회식이 잡혀 토요일 아침에야 대부도에 들어왔다. 괜히 하루를 날린 것 같아 우울하긴 했지만, 모래사장에 듬직하게 설치된 타프와 새로 산 블랙 앤 화이트 조합의 돔 텐트를 보니 금세 마음이 풀린다. 아이고 예쁘다 예뻐.

아침 일찍부터 이렇게 열심히 준비한 이유는 이따가 장모님이 놀러 오시기로 했기 때문이다. 경상도 산골에서 자란 장모님은 여태껏 바다를 눈으로 본 적은 있어도 모래사장을 걸어본 적이 없다고 하셨다. 그렇다면 사위 된 자로서 해변 캠핑에 초대해드려야 하지 않겠는가! 새벽부터 일어나 준비하고 이곳에 와 땀을 뻘뻘 흘렸더니 엊저녁 먹은 술이 다 깬다.

정오 즈음 장모님과 처가 식구들이 도착했다. 치킨, 피자, 김밥, 떡볶이. 집에서도 자주 먹는 음식이지만 소금기 머금은 바닷바람과 함께라서 그런지 짭짤하니 맛있다. 바지를 걷어붙이고 갯벌로 들어가 동죽 캐기 삼매경에 빠졌다. 아이도 어른도 즐거운 날이다. 정신 없이 해변을 뛰어다니던 아들 녀석이 피곤한지 낮잠을 자고, 덕분에 여유를 맞은 나도 간드러진 석양을 바라보며 릴렉스 체어에 앉아 아이스 아메리카노를 홀짝거린다. 캬, 정말 좋다. 이 맛에 캠핑하지 말입니다.

해가 떨어지고 슬슬 어두워지자 처가 식구들은 집으로 돌아간다며 짐을 꾸렸다. 어차피 우리 가족은 해변에서 1박을 할 예정이었기에, 아이가 잠든 텐트에 들어가 이불을 펼 준비를 했다.

그런데……

뭔가 이상했다. 새로 산 텐트는 분명 하얀색인데 군데군데 까만 점들이 보인다. 뭐지? 정신을 차려보니 그것들은 점이 아니었다. 족히 수십 마리는 될 듯한 모기들이 텐트 내부 이곳저곳에 붙어 있었다. 헉! 그러고 보니 아까 아이를 눕힌 후에 바람 잘 통하라고 텐트 문을 활짝 열어두었는데. 잠깐, 아이는 괜찮나?

아이의 몸 구석구석을 살폈다. 다리에 한두 방 물린 것 빼곤 괜찮다. 그나마 다행이라고 생각했다. 이대로 조금만 더 있었으면 정말이지 아이의 몸은 모기 밥이 되었을 것이다. 아내 역시 시커먼 모기

떼를 보자마자 경악을 금치 못했다. 문제는 모기에 대한 아무런 준비가 없었다는 점이다. 모기약도 없어, 전자 모기채도 없어, 이대로라면 속수무책으로 당할 수밖에 없다. 아, 어떡하지. 근처 편의점에라도 뛰어갔다 와야 하나.

위기 상황에서 엄마의 힘은 배가 된다고 했던가. 이 모기들을 어떻게 잡아야 하나 고민하던 나를 제치고, 아내는 번개 같은 동작으로 잠든 아이를 둘러업고 주차장 쪽으로 뛰어갔다. 곧이어 카톡이 왔다.

"나 오늘 여기서 못 자. 철수하고 집에 가자."

그, 그래. 근데 이 여자가 이렇게 결단력이 있었나? 평소의 결정장애를 말끔히 치료한 아내의 볼멘소리를 들으며 주섬주섬 짐을 싸기 시작했다. 아, 덥다. 땀이 흐른다. 설상가상으로 모기들이 후끈한 땀 냄새를 맡고 본격적으로 달려들기 시작했다. 손으로 땀을 훔치는 건지 모기를 훔치는 건지 모를 정도로 서해안의 모기떼는 가히 아드레날린을 맞은 저글링 부대보다도 집요하게 나를 공격했다. 그때의 기분을 말로 설명할 수가 없어 키보드 자판을 두드리는 일로 대신한다.

'암ㄴㅇ;ㅣ하ㅓㅁㄴ이러ㅁㄴㅇㅎ;ㅣㅏㅓㅁㄴㅇ;히ㅏㅓ' (굳이 해석하지 않겠다.)

한여름 밤 모기떼와 사투를 벌이며 텐트를 해체하고 타프를 접고 의자와 테이블을 챙겨 주차장으로 돌아오기까지 꼬박 한 시간

"모기여 잘 있거라.
너에게 절대로 피를 내주지 않을 테니.
소중한 내 피를 지켜주는 모기기피제"

이 걸렸다. 그날 흘린 땀보다 더 화가 났던 건 이제 여름이 되었는데도 모기에 대한 준비가 전혀 없었던 나 자신이었다. 그날 이후 우리 가족은 언제나 전자 모기채(+1), 뿌리는 모기약(+1), 모기기피제(+1), 모기퇴치밴드(+12), 모기향(+4) 이렇게 모기 5종 세트를 챙겨 다닌다. 시간과 장소를 불문하고 말이다.

서해안 여름 모기요? 어유~ 안 겪어봤으면 말을 말어유~

우중(雨中) 캠핑의 실체

본격적인 무더위가 시작됐다. 고수들은 혹서기에 캠핑을 안 간다고 하는데 캠핑에 미쳐 있던 나는 어떻게든 나가고 싶어 안달이 난 상태였다. 휴대용 에어컨의 유혹을 간신히 참아내긴 했지만, 어쨌거나 날이 더웠기 때문에 계곡과 그늘이 있는 곳을 찾아 떠났다.

월악산 국립공원에는 닷돈재, 용하, 덕주, 송계야영장이 있다. 모두 계곡을 끼고 있어 여름철에 인기가 높다. 그중 용하구곡(억수계곡)에 자리한 용하야영장은 나에게 매우 특별한 곳이다. 어릴 때부터 친구들과 물놀이를 하러 놀러 오던 곳이 이제는 깔끔한 야영장이 되었다. 여전히 계곡물은 맑고 투명하다.

용하야영장에는 어린아이들도 안심하고 물놀이할 수 있는 유수풀이 있다. 계곡물을 끌어다가 캠핑 사이트 바로 앞으로 얕은 개울을 만들었다. 아이들이 눈앞에서 물놀이를 즐기고 개울물 졸졸 흐르는 소리를 들으며 캠핑할 수 있는 곳은 아마도 여기가 유일하지 않을까 싶다. 비록 샤워시설은 없지만(만들어달라!) 땀을 뻘뻘 흘리며 타프와 텐트를 설치하고 세팅을 한 뒤 그대로 계곡물에 풍덩하면 그렇게 시원할 수가 없다.

이번 캠핑에는 처형 가족들을 초대했다. 캠핑의 '캠' 자도 몰라 배우기에 급급했던 캠린이가 다른 사람을 초대하다니! 역시 캠핑도 짬밥인가 보다. 텐트는 하나뿐이니 우리 가족은 주차장에서 차박을 하기로 했다.

즐거운 마음을 안고 캠핑장으로 가는 길. 그런데 이게 어쩐 일인가. 여주IC를 지나 중부내륙고속도로에 진입하자마자 소나기가 세차게 내린다. 어쩌지? 여기까지 왔는데 다시 돌아갈 수도 없고…… 모르겠다. 금방 그치겠지 하며 캠핑장으로 향했다. 하지만 비는 멈추지 않았다. 한참을 기다리다 결국 비를 맞으며 타프를 쳤다. 그래. 어차피 물에 들어갈 거 아니었어? 이참에 우중 캠핑을 해보는 것도 나쁘지 않겠지. 경험은 많을수록 좋잖아? 하여튼 이럴 땐 참 긍정적이다.

나의 희생(?)으로 타프가 완성되었다. 쏟아지는 비를 피해 일곱 식구는 타프 안쪽으로 모였다. 바람이 불어 비가 안으로 들이치니 5.5m짜리 렉타 타프도 좁게 느껴졌다. 하지만 그것도 그런대로 즐거운 법. 우리는 올망졸망 모여 잘 먹고 잘 놀았다.

투둑 투두둑.

제대로 우중 캠핑이다. 타프에 비가 떨어지는 소리가 들린다. 거대한 우산 아래에 앉아 있는 기분이 나쁘지가 않다. 따뜻한 커피 한 잔을 들고 떨어지는 빗방울을 감상하니 제법 운치도 있다. 우중 캠핑에서만 느낄 수 있는 묘한 매력을 만끽하며 잠시나마 캠핑 고수가 된 기분을 느꼈다.

빗줄기가 잦아들자 우산을 들고 한적한 숲길을 걸었다. 비가 오니 벌레가 없다는 점도 좋다. 괜찮은데? 이 정도면 비가 내려도 해볼 만하겠는데? 이때까지만 해도 몰랐다. 우중 캠핑은 이게 전부가 아니라는 것을. 기분 좋게 불멍까지 하고 잠자리에 들었다. 처형 가족들을 텐트에 재우고, 우리 가족은 차에서 잠을 잤다. 빗방울이 자동차 천장을 때리는 소리가 밤새 이어졌다.

새벽 다섯 시. 빗소리가 멈출 줄 모른다. 불쑥 튀어나온 걱정에 잠에서 깼다. 텐트는 괜찮을까? 차에서 나와 처형 가족들이 잠든 텐트를 살폈다. 다행히 바닥 쪽에 빗물이 고여 있진 않다. 하지만 흙탕물로 범벅이 된 텐트를 보자 자동으로 한숨이 나왔다.

이.거. 어.떻.게. 철.수.하.지?

그제야 알게 되었다. 우중 캠핑의 핵심은 뒷정리라는 것을. 비에 젖은 텐트를 접는 것도 일이지만, 이대로 접어 보관했다간 일주일도 안 되어 곰팡이가 가득해질 것이다. 캠핑 카페에 누군가 올려놓았던 이야기가 생각났다. 제대로 말리지 않아 세탁이 불가능할 정도가 된 처참한 텐트의 사진도. 결국 텐트를 폐기하고 말았다는 슬픈 스토리다.

텐트와 타프만 남겨두고 짐을 모두 정리했지만 비는 그칠 생각이 없다. 어쩔 수 없이 다시 비를 맞으며 텐트를 접기 시작했다. 마사토가 잔뜩 묻어 있는 텐트를 보니 저걸 어떻게 말려야 하나 걱정이 태산이다. 어쨌거나 텐트를 이곳에 펴놓고 집에 갈 수는 없으니 바리바리 접어서 케이스에 욱여넣었다.

우울한 마음을 안고 집으로 돌아왔다. 마당이나 옥상이 있었으면 좋겠다는 생각을 잠시 했다. 좁디좁은 발코니에서 물을 뿌려가며 5m가 넘는 타프를 세척했다. 텐트에서는 흙이 떨어져 금세 바닥이 지저분해졌다. 덥다. 힘들다. 그런데도 끝이 없다.

낑낑대며 빨래걸이에 타프를 널었다. 축 늘어진 타프처럼 나와 아내도 녹초가 되었다. 어지간하면 비가 올 때는 캠핑 가지 말자고 의견 일치를 봤다. 이럴 땐 찰떡궁합이다. 우중 캠핑의 실체를 알게 된 날부터 우리 부부는 비가 오면 우리 집 발코니에 캠핑 장비를 깔아놓고 안전하고 편리한 우중 캠핑을 즐긴다.

비가 많이 내리는 날 캠핑을 떠나고 싶다면 더도 말고 덜도 말고 한 번만 되물어보자. 지금 (자신을) 말리지 않으면 갔다 와서 열심히 (텐트를) 말려야 할 것이다.

초보의 관점에서 우중 캠핑이 힘들었다는 이야기를 적어놓긴 했지만, 지나고 보니 참 좋은 추억이다. (하지만 말리는 건 지금도 싫다.) 물론 사람마다 성향이 다르듯 캠핑 스타일도 다르다. 어떤 캠퍼는 우중 캠핑이 좋아 비가 오기만을 기다리기도 한다.

이번 우중 캠핑을 다녀와서 문득 이런 생각이 들었다. 어떤 일이든 마무리가 좋아야겠다고. 그래야 다음을 기약할 수 있지 않겠는가. 즐거운 캠핑을 마치고 제대로 정리하지 않는다면, 다음번에 떠날 때 그 여파를 고스란히 감당해야 할 테니까.

캠핑뿐만 아니라 사람도 마찬가지다. 만나고 헤어짐이 반복되는 사람 사이에도 좋은 마무리가 필요하다. 회사에서 미팅을 하든, 친구와 만나 놀든 간에 다음을 기대할 수 있는 헤어짐을 만드는 게 참 중요하겠다고 생각했다. 그래. 이렇게 캠핑 덕분에 또 하나 배웠다.

폭염 속 캠핑

덥다. 제대로 여름이다. 길어진 장마 덕분에 날이 습하긴 하지만, 올해 여름은 작년보다는 덜 더운 것 같다. 이렇게 확신하는 이유는 작년 이맘때쯤 떠났던 캠핑의 기억이 분명하게 떠오르기 때문이다. 온종일 "더워!"를 외치며 캠핑을 했던 그날의 기록이다.

폭염경보가 내렸던 어느 날 우리 가족은 여름휴가의 마지막 날을 캠핑장에서 보내기로 했다. 또다시 월악산 용하야영장을 찾았다. 왜 갔던 곳을 계속 가는지 궁금하실 텐데, 그 이유는 내가 초보이기 때문이다. 실패의 확률을 줄이기 위해 조금이라도 익숙한 곳, 한 번이라도 가본 장소를 선호하게 된다. 괜히 잘 모르는 새로운 지역에 갔다가 더 힘들면 안 되니까.

살이 델 듯한 태양의 열기 때문에 차에서 내리기조차 싫었지만,

얼른 타프라도 쳐놓아야 가족들이 쉴 수 있으니 심호흡을 하며 작업을 시작했다. 그늘 쪽 사이트를 예약하지 못한 게으름을 탓하며 열심히 타프를 쳤다. 달랑 팩 하나 박았을 뿐인데 얼굴에 땀이 주르륵 흐른다. 수건으로 땀을 훔치며 생각했다.

'이런 날씨에 캠핑이라니. 대단한데? 정말 많이 발전했다.'

폭염경보를 뚫고 나와 혼자 타프를 치고 있는 나를 셀프 칭찬했지만, 얼마 지나지 않아 알게 되었다. 이것은 '발전'이 아니라 '도전'이었다는 것을.

타프를 다 치고 기다렸다는 듯 계곡물에 입수했다. 차가웠던 물은 핫팩처럼 달구어진 몸을 식히기에 충분했지만, 물 밖에서는 그 효과가 오래가지 못했다. 타프 치고 1차 입수, 텐트 치고 2차 입수, 또 입수…… 그렇게 나는 몇십 분마다 계곡물을 들락날락했다. 일찌감치 수영복을 입혀 데려온 아이도 물에 들어와 함께 장난을 치며 놀았다. 거기까진 참 즐거운 시간이었다.

하지만 이런 상황을 못마땅하게 지켜보는 이가 있었으니, 다름 아닌 아내였다. 가뜩이나 더운데 나가지 말고 집에서 에어컨 바람이나 쐬고 있자던 그녀를 샤워장도 없는 캠핑장으로 데려와 뜻뜻미지근한 선풍기 앞에 앉혀놓은 게 누구니? (미안, 나다.) 물놀이를 즐기지 않는 성격에다 오늘은 더위를 별로 타지 않는 그녀조차 힘들어할 정도로 푹푹 찐다. 괜스레 미안한 마음이 들어 아내의 눈치를 살폈다. 조용히 의자를 하나 펴고 물가에 가져다 놓았다. 여기

앉으셔서 발이라도 담그고 쉬시지 말입니다……

시간이 흘러 태양은 저쪽 산 뒤로 넘어갔지만, 하루를 뜨겁게 달구었던 열기는 그대로다. 그냥 공기 자체가 덥다. 이런 날에 바비큐까지 했다간 정말 살이 익어버릴 것 같다. 이열치열을 즐기기엔 나이도 많고 용기도 부족하니 오늘은 불멍이고 뭐고 생략하자. 즉석밥과 컵라면으로 대충 저녁을 때웠다. 샤워 대신 마지막 입수를 마치고 나와 옷을 갈아입고 잠을 청했다.

후아. 너무 덥다. 월악산 구석구석까지 열대야가 침투해버렸는지, 선풍기 바람만으로 잠자리는 여전히 덥고 이불은 끈적끈적하다. 땀이 많은 아빠와 아들은 밤새 꼼지락거렸고 아내는 시도 때도 없이 뒤척이는 두 남자 덕분에 꼬박 밤을 지새웠다. 다음 날 아침 눈을 떠보니 베개는 흥건했고 아이의 머리카락은 마치 고열을 앓았던 듯 축축하게 젖어 있었다.

미안하다 아들아. 미안해 여보.

폭염 속 캠핑은 진정 도전이었다. 그것도 아주아주 무모한 도전 말이다. 밤에는 시원하겠지 생각한 내 잘못이다. 아직 나는 이 나라의 기상청을 100% 믿지는 못하지만, 적어도 무슨 무슨 주의보나 경보일 때는 캠핑을 가지 말아야겠다고 생각했다. 나 혼자만 가는 캠핑이 아니니까.

폭염 앞에 장사 없다. 온종일 나무 그늘이 드리운 곳이 아니라면 아무리 성능 좋은 타프를 설치해도 더울 수밖에. 물론 휴대용 에어컨까지 구비한 캠퍼를 본 적이 있다. 다른 건 차치하더라도 캠핑을 사랑하는 그분의 마음만은 존중한다. 그래도 열대야가 계속된다면 몸과 마음의 건강을 위해 캠핑을 자제하는 것도 방법이다.

기억을 떠올려 폭염 얘기를 적어놓긴 했지만, 올해는 날씨가 아니라 마스크 때문에 훨씬 덥다. 숨 쉬는 것조차 불편한 지금, 작년 여름이 오히려 그리워진다. 고작 일 년이 지났을 뿐인데. 더워도 마음껏 뛰어놀 수 있던 날들이 참으로 소중했다는 걸 알게 된다. 그저 당연하다 생각했던, 마스크 없이 지내던 일상이 너무나도 그립다.

코로나가 다시 확산 국면에 접어들면서 캠핑을 될 수 있는 대로 자제하고 있다. 덕분에 글감이 급속도로 고갈되고 있다. 하루빨리 자연이 우리를 허락하는 때가 돌아왔으면 좋겠다. 캠핑도 가고, 글도 좀 쓰게 말이다.

비보다 바람이 훨씬 무섭다

캠핑을 가면 대체로 잠을 잘 못 잔다. 전날 늦게까지 놀아도 해가 뜨면 눈이 부셔 강제로 기상하게 되고, 이웃의 소음 때문에 잠을 설치기도 한다. 그래도 가장 슬픈 일은 걱정 때문에 잠을 못 이루는 경우다.

휴가를 맞아 용인 인근의 사설 캠핑장을 예약했다. 평소에는 인기가 많아 예약하기가 어려운데 운이 좋았다. 문제는 지금 저 아래 지방에서 레끼마와 크로사 두 개의 태풍이 동시에 올라오고 있다는 점이다. 하여튼 재수는 오지게도 없다.

아무리 캠핑이 좋아도 태풍은 좀 무섭지 않을까?

캠핑 카페를 둘러보니 해안가가 아닌 이상 괜찮다는 의견이 많았다. (그러고 보니 여기에 글 남기는 사람들은 전부 캠핑을 사랑하는 사람들이다!) 캠핑장이 내륙에 있어 태풍의 직접적인 영향권은 아니다. 그래도 혹시 몰라 전날 캠핑장에 전화를 걸어 확인했다. 바람이 불긴 하는데 캠핑을 못 할 정도는 아니라고 하셨다. 이미 캠핑을 가고 싶어 환장해 있던 나는 달콤한 사장님의 말을 철석같이 믿었다.

캠핑장에 도착해 타프와 텐트를 쳤다. 바람이 좀 있었지만 버틸 만한 수준이었다. 그래도 평소보다 팩도 많이 박고 스트링을 단단하게 당겨 고정했다. 다행히 아이들 놀이 시설이 실내에 있어 큰 문제는 없었다. 재밌게 놀고, 맛있게 먹었다. 그때까지만 해도 몰랐다. 바람이 얼마나 무서운 존재인지.

......

윙~ 펄럭, 위잉~ 윙~ 펄럭펄럭.

깊은 밤, 천지를 울리는 사운드에 잠에서 깼다. 이것은 귓가에 모기가 날아다니는 소리가 아니다. 바람이 타프 안쪽에 들이치면서 거센소리를 뿜어내고 있었다. 텐트 밑단이 이리저리 펄럭였다. 괜찮을까? 바람에 타프가 날아가기라도 한다면? 생각만으로도 끔찍하다. 도저히 잠을 잘 수가 없었다. (이 와중에 아내와 아이는 잘도 잔다.)

눈을 비비며 밖에 나왔다. 팩과 스트링을 다시 점검했다. 주위를 둘러보니 나와 비슷한 처지에 있는 사람들이 눈에 들어왔다. 뜬

눈으로 함께 밤을 지새운 나의 동지들. 자다 말고 일어나 다시 팩다운을 하고 스트링을 당기며 가족의 잠자리를 살피는 영웅들의 얼굴을 보고 있자니 왠지 모르게 마음이 짠했다. 아빠는 사랑입니다…….

바람 소리에 이리저리 뒤척이다 보니 해가 밝았다. 이런, 오늘도 거의 못 잤다. 여기저기서 부스럭거리는 소리가 났다. 고개를 내밀어보니 우리 자리에서 조금 떨어진 사이트에 타프가 무너져 있었고, 캠핑장 마당엔 누구의 것인지도 모를 갖가지 물건들이 뒤엉켜 널브러져 있었다. 제대로 고정하지 않아 날아간 것들이다. 누군가 했던 얘기가 생각났다. 강풍에 팩이 뽑혀 날아가는 순간 무시무시한 흉기가 된다고. 팩뿐만 아니라 단단하고 날카로운 물건들이 날아가 누군가의 텐트를 뚫을 수도 있다고 생각하니 가슴이 아찔해진다. 나만 조심해서 될 문제가 아니다. 너무나도 길었던 밤, 아무런 사고가 나지 않아 정말 감사한 마음이다.

잊지 말자. 캠핑장에서는 비보다 바람이 무섭다. 비는 말리면 되지만 강한 바람에는 대책이 없다. 태풍이 올 때처럼 비바람이 함께 몰아치면 가급적 나가지 않는 게 상식이다. 그 상식을 믿지 못해 한숨도 못 잤던 나의 아픈 기억을 여러분은 절대 경험하지 않기를 바란다.

캠퍼들에게 필수라는 '윈디' 애플리케이션을 소개한다. 이름에서 알 수 있듯이 '윈디'는 바람을 중심으로 전 세계 날씨를 알려주는 유용한 앱이다. 지역별, 시간별 바람의 세기와 방향, 강수 확률 등이 나오고, 방문하고자 하는 곳을 입력하면 최장 9일 동안의 날씨 정보를 확인할 수 있다.

풍속을 나타내는 척도로 '보퍼트 풍력계급(Beaufort wind force scale)'이 있다. 이는 항해에 영향을 미치는 정도에 따라 바람을 계급별로 구분한 것인데, 고요한 상태(0)부터 12까지의 계급이 있다. 일반적으로 풍력계급 5~6의 수준, 즉 바람의 속도가 10~15m/s 정도가 되면 우산이 뒤집히고 걷는 것이 어려워진다. 이런 상황이라면 당연히 캠핑을 자제하는 것이 좋겠다.

아래는 캠핑 카페에 닉네임 '울트라맨이야'님이 올려주신, 보퍼트 풍력계급을 캠핑 버전으로 바꿔놓은 표다. 계급 3부터는 조심하는 것이 좋겠다. 재미로 읽는다지만, 안전에 대한 경각심만큼은 항상 잊지 말기!

맨땅에 캠핑

계급	명칭	풍속(m/s)	상태(육지)	캠핑상태
0	고요	0~0.2	연기가 수직으로 올라감	캠핑을 즐기고 싶다
1	실바람	0.3~1.5		캠핑을 즐기고 싶다
2	남실바람	1.6~3.3	바람이 얼굴에 느껴짐	캠핑을 즐기고 싶다
3	산들바람	3.4~5.4		풀팩하고 싶다
4	건들바람	5.5~7.9	먼지가 일고 종잇조각이 날리며 작은 가지가 흔들림	잠을 자기 싫다
5	흔들바람	8.0~10.7		밤새도록 망치질을 하고 싶다
6	된바람	10.8~13.8	큰 나뭇가지가 흔들리고 우산 받기가 곤란함	텐트를 파손시키고 싶다
7	센바람	13.9~17.1		스킨이 찢어지는 것을 보고 싶다
8	큰바람	17.2~20.7	잔가지가 꺾이고 걸을 수 없음	텐트와 함께 날고 싶다
9	큰센바람	20.8~24.4		텐트를 버리고 싶다
10	노대바람	24.5~28.4	나무가 쓰러지고 건축물에 큰 피해 발생	자연과 싸우고 싶다
11	왕바람	28.5~32.6		죽고 싶다
12	싹쓸바람	32.7 이상		신과 함께

캠핑장에서 만난 진상들

평화로운 날이었다. 하늘은 푸르렀고, 무더위를 비켜 간 바람은 적당히 선선했다. 한마디로 캠핑하기 딱 좋은 날이다.

고향에서 부모님을 뵙고 올라오는 길에 캠핑장을 예약했다. 이곳에는 대형 키즈카페와 물놀이장이 있다. 가격이 조금 비싸긴 하지만, 평소에는 예약조차 힘든 곳이니 이번 기회에 한번 가보기로 했다. 선착순으로 자리를 배정한다고 해 나름대로 일찍 캠핑장에 도착했는데, 다른 사람들은 더 부지런했는지 좋은 자리가 없었다. 어쩔 수 없이 중간에 끼인 곳에 자리를 잡았다. 양쪽 모두 가족 단위로 오신 분들이니 괜찮겠지 싶었다.

즐겁게 시간을 보내고 잠자리에 들려던 찰나, 안 그래도 거슬리던 옆 텐트의 대화 소리가 점점 커졌다.

"야! 이불 가져왔다며! 어디 있는데?"

"몰라. 당신이 짐 꺼냈잖아."

"아휴, 맨날 왜 이 모양이냐."

"뭐라고? 너 말 다 했어?"

시계를 보니 새벽 2시다. 이불이 없어 시작된 부부의 말다툼은 이내 고성으로 이어졌다. 발음이 꼬이는 걸 보니 술에 많이 취한 듯했다. 이불이 차에 있을 거라고 주절주절하다가 이내 자동차 바퀴가 파쇄석을 밟고 지나가는 소리가 들렸다. 잠깐, 주차장에 있던 차를 여기까지 가지고 온 거야? 이거 음주운전 아닌가? 그건 그렇고 왜 계속 시동을 안 끄지? 구형 디젤차의 소리와 매연 냄새가 고스란히 얇은 천을 통과해 우리 텐트로 들어왔다.

혈압이 오르고 있다. 아오, 짜증 나. 화가 정수리까지 올라온 기분이었다. 밖에 나가서 한소리를 해볼까도 생각했지만, 지금 나가서 뭐라고 해봤자 정신줄을 놓아버린 이들을 상대할 수 없겠다는 생각이 들었다. 괜히 해코지를 당할 수도 있으니 소란 피우지 말고 캠핑장 주인에게 전화해야겠다. 부딪혀봐야 나만 손해니까. 그 사이 여기저기서 "조용히 좀 합시다." 하는 소리가 들렸지만, 진상들의 귀에는 안 들리나 보다. 정말 안하무인이 따로 없다. 설상가상으로 캠장님(캠핑장 주인)은 연락조차 안 된다.

그렇게 몇십 분 동안 고성과 자동차 소음, 매연 냄새를 참아냈다. 다행히 옆 텐트 부부는 화해라도 했는지 조용해졌다. 이제 자야겠다고 생각했다. 그런데 어디선가 음악 소리가 들린다.

"떼떼 떼떼 떼떼 떼떼~"

익숙한 멜로디. 갑자기 노래를 따라 부른다. 이 곡은 학창 시절 즐겨 들었던 주주클럽의 '나는 나'라는 노래다. 정말 미치고 팔짝 뛰겠다. 애네는 싸우다 말고 왜 노래를 부르는 거야? 하필 저 노래에 꽂혀서…… 물론 너는 너고 나는 나지만 이건 좀 아니지 않냐! 자기들에게만 들릴 거라고 생각했는지 (앞에 있었던 일을 생각해보자니 그럴 깜냥은 아니지만) 그래도 이 새벽에 음악 감상과 노래방은 너무했다. 나 오늘 정말 자리를 잘못 잡은 것 같아…… 최악의 이웃을 만났어…….

……

캠핑장은 천 하나로 구역이 이루어진 작은 마을이다. 당연히 소음에 취약할 수밖에. 진상도 이런 진상이 있을까 할 정도로 마치 본인들만 이곳에 있는 것처럼 행동하는 그들의 모습을 보며 많은 걸 느꼈다. 삶은 내가 원하는 대로 흘러가지 않는다. 그리고 진상을 만나지 않기 위해서는 일단 운이 좋아야 한다. 밤새 연락 두절이던 캠핑장 사장님 덕분에 그곳은 블랙리스트에 올랐다. 아파트든 캠핑장이든 이웃을 잘 만나는 게 중요하다고 느꼈던 그날 밤, 나는 떼떼 소리가 끝나지 않는 악몽에 시달렸다.

캠핑에도 기본예절이 있다. 대표적인 것이 '매너 타임'이다. 통상 밤 11시부터는 잠든 이웃을 배려해 소음을 자제해야 한다. 음악 소리도 마찬가지. 주변에 사람이 없다면 몰라도 서로를 위해 매너 타임을 지켜주었으면 좋겠다. 당신의 즐거움이 누군가에겐 밤새 고통이 될 수도 있다는 사실을 잊지 않기를. 캠핑장뿐만 아니라 함께 살아가는 세상에서도 반드시 지켜야 할 에티켓이다.

동계 캠핑의 악몽

아침저녁으로 날씨가 쌀쌀해졌다. 지난주 캠핑 때는 전기장판 하나로 버틸 만했는데, 이제는 공기가 제법 차다. 그래서인지 요즘 캠핑 카페에는 난로 이야기로 가득하다. 사실 나는 아이가 어려서 동계 캠핑을 할 생각이 아예 없었다. 그렇지만 난로를 설치하면 겨울에도 따뜻하게 캠핑할 수 있다는 회원들의 말에 살짝 용기를 내보기로 했다.

그동안은 원터치 텐트나 돔 텐트에 타프 조합으로 캠핑을 다녔다. 하지만 난로를 놓으려면 별도의 전실 공간이 딸린 텐트가 필요했다. 이름하여 거실형 텐트, 리빙쉘이다. 나는 다시 벌레잡이통풀의 가장자리에 앉아 무언가에 홀린 듯 리빙쉘을 검색했고 얼마 지나지 않아 결국 지름신에 굴복하고 말았다. 아내의 등짝 스매싱은 이제 익숙해진 지 오래다.

텐트가 준비되었으니 이제는 난로 차례. 캠핑 난로 역시 브랜드와 용량, 연료에 따라 다양하다. 하지만 나는 잘 모르니까 사람들이 가장 많이 쓰는 등유 난로를 구매하기로 했다. 언제 내다 팔지 모르니 일단 간절기용으로 쓸 만한 작은 난로를 구하려고 중고장터를 기웃거렸지만, 워낙 인기가 많아 매물이 없었다. 마침 캠핑 카페에서 새 제품을 할인 가격에 판매한다는 소식을 듣고 냅다 결제했다. 주유소에 들러 새로 산 제리캔(기름통)에 등유도 가득 채웠다. 진짜 이번이 마지막 지름신이었으면 좋겠다.

발코니에서 시험 가동을 했다. 짧은 사이에 온기를 채운다. 난로를 사고 나니 뭔가 든든한 기분이다. 마음마저 따뜻해진 느낌이랄까. 이제 동계 캠핑도 가능하겠구나. 1년 내내 캠핑만 다니면서 살아야지! 물론 이런 생각을 하면 늘 끝이 안 좋다.

......

캠핑장의 해가 짧아졌다. 저녁이 되면서 점점 추워진다. 준비한 난로를 켰다. 매캐한 기름 냄새가 났지만, 5분 정도 밖에서 연소했더니 괜찮아졌다. 난로 위쪽으로 서큘레이터를 틀어 따뜻한 공기가 텐트 구석구석 닿을 수 있도록 했다. 공기가 통할 수 있도록 환기창을 충분히 확보하는 일도 잊지 않았다. 그렇게 우리는 온기 가득한 텐트 안에서 고구마를 구워 먹었다. 선명한 주홍 불빛을 머금은 채 따뜻함을 뿜어내는 아름다운 녀석. 보는 것만으로도 뜨끈해지는 난로가 있으니 캠핑 갬성은 몇 배가 된다. 그렇게 우리는 포근한 시간을 보냈다. 딱 그때까지만.

부풀었던 동계 캠핑의 꿈이 산산이 조각나기까지는 그리 오랜 시간이 걸리지 않았다. 아이가 잠들자 기름을 채우려고 난로를 다시 텐트 밖으로 꺼냈다. 작동 중 급유가 위험하다는 얘기를 들었기에 불을 끄고 천천히 기름을 넣었다. 그리고 다시 점화해 연소시킨 후 전실로 들여놓고 잠을 청했다.

몇 시간이 지났을까. 코를 찌르는 매캐한 기름 냄새에 잠에서 깼다. 일어나보니 공기도 엄청나게 건조했다. 이상하다. 환기창도 괜찮고 일산화탄소 경보기도 울리지 않은 걸 보니 별문제는 아닌 듯한데. 텐트를 가득 채운 냄새를 빼려고 텐트 문을 활짝 열었더니 찬 공기가 들어와 금세 추워졌고, 문을 닫으면 기름 냄새와 건조해진 공기 때문에 도저히 잠을 잘 수 없었다. 결국, 누웠다 일어났다를 반복하면서 꼬박 밤을 새웠다. 문제가 무엇이었을까? 돌이켜 생각건대 기름을 채운다고 난로를 옮길 때 평평하지 않았다든가, 아니면 연소 통이 흔들려 불완전 연소가 일어나지 않았을까 싶다.

문제는 거기서 끝나지 않았다. 새벽 4시쯤 아이가 울기 시작했다. 랜턴을 켜고 아이를 안아 들었더니 코피가 주르륵 흘러내렸다. 침낭과 텐트가 피범벅이 되었다. 와, 미치겠다. 아이 코를 틀어막고

물티슈로 이불과 텐트를 닦느라 정신을 차릴 수 없을 지경이다. 말 그대로 마른하늘에 날벼락을 맞은 기분이었다.

동시에 아이에게는 너무나도 미안한 마음이 들었다. 가뜩이나 호흡기도 약한데 잠자리 환경이 정말 안 좋았나 보다. 미안하다 미안해. 이렇게까지 하면서 캠핑을 다녀야 하나? 어쩌면 나는 그저 내 욕심을 채우겠다고 가족에게 못 할 짓을 하는 게 아닌가.

길고 길었던 밤이 지나고 해가 뜨자마자 짐을 정리해 집으로 돌아왔다. 한숨도 제대로 못 자 피곤하긴 했지만, 그것보다 미안한 마음이 훨씬 더 컸다. 봄이 올 때까지는 캠핑을 자제해야겠다. 아이가 조금 더 크기 전까지는.

추운 겨울, 설원을 만끽하며 캠핑을 즐기겠다는 나의 로망은 줄줄 흐르던 아들 녀석의 코피와 함께 사라졌다. 큰돈 주고 사들인 거실형 텐트는 곧바로 중고장터의 A급 매물이 되어 새 주인을 찾았고, 캠핑 난로는 우리 집 발코니로 강제 배치를 당했다. 캠핑을 못 가 조금 슬프지만, 겨우내 실컷 '발코니 캠핑'을 하면서 나름대로 '갬성'을 즐겼으니 그걸로 만족한다. (그놈의 '갬성'이 뭔지……)

하지만 나는 아직 포기하지 않았다. 언젠가는 다시 도전할 것이다. 눈보라가 몰아치는 들판을 바라보며 즐기는 따뜻한 커피 한 잔의 여유, 낭만 가득한 동계 캠핑의 꿈은 아직도 진행형이다.

발코니 캠핑

님아, 그 선을 넘지 마오

3월이 되고 제법 공기가 따뜻해졌다. 겨우내 캠핑을 가지 못해 답답하기만 했는데 이제는 슬슬 밖에 나가도 될 것 같다. 잠을 자고 오기에는 아직 쌀쌀하니 간단하게 당일치기 캠프닉을 갔다 오자.

차 안에 이불을 깔고 바다를 바라보며 쉬고 싶었다. 해변에 주차할 수 있는 곳이 어딜까 폭풍 검색을 하고 영종도에 있는 왕산해수욕장으로 출발했다.

아침 일찍 집에서 나왔지만, 도착해보니 이미 부지런한 사람들이 명당자리를 차지하고 있었다. 트렁크를 열고 차에 누웠을 때 푸른 바다가 눈앞에 펼쳐지는 장면을 상상했건만 사람이 많아도 너무 많다. 장소를 옮겨 포인트를 찾다가 괜찮은 곳을 발견했다.

양쪽에는 SUV 차량이 주차되어 있었고 나름대로 공간이 넓어 그 사이에 주차하면 될 것 같다. 이렇게 좋은 자리가 왜 비어 있지? 역시 난 운이 좋아. 천천히 후진하며 주차를 했다. 그런데……

분명 양쪽에 있는 차들과 라인을 맞추려고 진입했을 뿐인데 바퀴 쪽이 살짝 주저앉는 느낌이 들었다. 뭐지? 싸한 기분이 들어 앞으로 나가려고 액셀을 밟았는데 바퀴만 헛돌고 차는 움직이지 않는다. 헉, 차가 모래에 빠졌구나. 이런 곳이라 차가 없었던 거야? 그런 거야? 내 차는 사륜구동도 아닌데. 어떡하지?

넘지 말아야 할 선을 넘었다. 차가 빠졌다. 등줄기에서 땀이 비 오듯 흘러내렸다. 뒷좌석에 앉은 아내와 아이의 눈치를 살피기 시작했다. 당황하지 말고 침착하게……는 개뿔. 큰일 났다. 잠깐만, 이제 뭘 해야 하지? 맞다. 보험회사가 있었지! 이럴 때 쓰라고 긴급출동이 있는 게 아닌가!

그렇게 보험회사 전화번호를 찾던 중이었다. 신기한 일이 생기기 시작했다. 모래사장에 자동차가 빠져 허우적대고 있는 모습이 불쌍해 보였는지 주변에 있던 사람들이 하나둘 모여들었다. 아이 부끄러워라.

"차 좀 밀어드릴까요?"

"네? 아…… 그럼 감사하죠."

힘쓰는 게 쉬운 일이 아니라는 걸 알기에 죄송스럽고 부끄럽고 고마운 복합적인 감정을 느끼며 액셀을 밟았다. 하지만 안타깝게도 차는 점점 더 모래 속으로 빠져들고 있을 뿐이었다. 아아. 어쩌란 말이냐. 포기하고 레커차를 부르기로 했다.

그때!

한 사람이 나타났다. 작고 다부진 체격에 화려한 점퍼를 입고 있던, 조금은 사나운 인상의 남성이었다. 그는 담담하게 말했다.

"아이 씨. 또 빠졌네. 오늘 벌써 몇 대째야. 여기 좀 막아놔야지, 안 되겠네."

"아아. 여기에 차들이 많이 빠지나요?"

"당연하지! 모래가 이렇게 많은데! 해변에서 땅을 밟아보지도 않고 들어오면 어떡해요? 그리고 이 차는 사륜구동도 아닌데 겁도 없으시네."

"죄송합니다."

"나한테 죄송할 건 없고. 차에 견인 장치 있죠? 그거 줘봐요."

얼핏 화가 난 것 같은 말투였지만, 나는 그때 직감했다. 이 사람이 나의 구세주라는 것을. 잠시 후 그의 일행인 듯한 남자(알고 보니 그의 처남)가 커다란 지프를 끌고 등장했다. 이미 이런 일에 익숙한 듯 무덤덤하게 차에서 로프를 꺼내 묶었다. 내리쬐는 햇빛 아래 목장갑을 끼고 매듭을 만들고 있는 그를 보며 생각했다. 와, 겁나 멋있다.

출력 좋은 지프가 힘을 내자마자 내 차는 마치 집 나간 강아지가 집으로 끌려가듯 '뿅' 하고 모래사장에서 빠져나왔다. 주위에 모여 있던 사람들이 모두 와~ 하고 감탄사를 외쳐댔다. 이제 부끄러움을 견디는 일만 남았다. 하하. 그래도 견인차는 안 불렀으니 다행이라고 해야 하나?

차에서 내려 멋쩍은 웃음을 지으며 연신 고개를 숙였다. 앞서 차를 밀어준 남자들과 제 일처럼 견인해준 일행에게 이거라도 드시라며 커피를 사다 드렸다. 사실 너무 창피해서 제대로 인사도 못 하고 온 것 같다.

오늘의 기억을 떠올리면서 생각했다. 나는 과연 나와 아무 상관 없는 사람이 어려움에 빠졌을 때, 그 어떤 보상도 바라지 않고 도와줄 수 있을까? 여태껏 이타적인 삶과는 거리가 먼 인간이었지만, 앞으로는 타인의 어려움을 못 본 체하지 말고 내가 할 수 있는 일이라면 기꺼이 도와야겠다고 다짐했다. 영종도 해변에서 만났던 영웅들의 얼굴을 떠올리며 다시금 내 마음에 새겨본다. 세상은 아직 살 만하다고. 나도 그들처럼 살아야겠다고.

모래에 빠졌을 때 임시방편으로 사용할 수 있는 방법이 있다. 바퀴 주변의 모래를 긁어내고 빠진 바퀴 아래에 물을 부으면 모래가 다져져서 나올 수도 있다고 한다. 반드시 나온다는 보장은 없으나 시도해볼 만하다. 여기에다가 앞바퀴(구동축) 타이어의 공기를 빼내면 접지력이 높아져 쉽게 나올 수도 있다고……. 근데 나온 다음에는 어쩌라는 거지? (견인차를 불러야지.) 이래저래 머리를 굴려봐도 가장 현명한 방법은 모래사장 근처에 가지 않는 거다.

타프는
남자의 로망……은
개뿔(2)

두 번째 타프 이야기다. 내 돈으로 산 타프를 칠 줄 몰라 도로 집어넣었던 굴욕 같은 시간이 아직도 생생하다. 이제는 혼자 타프를 칠 수 있는 수준이 되었지만, 여전히 '타프'라는 물건은 설치하는 데 손이 많이 가는 아이템이다. 양쪽 메인 폴대를 세우기 위해 기본적으로 4개의 팩을 박아야 하고 다시 양 꼭짓점을 당겨 4개를 더 박아야 한다. 내 머릿속에서는 망치질(팩다운) 횟수가 많아질수록 어려운 작업으로 인식되는 것 같다. 실제로는 그렇지도 않은데……

타프라는 놈에게 잔뜩 겁을 먹은 나는 의도적으로 (타프를 칠 수 있음에도) 타프가 아닌 다른 장비에 눈을 돌렸다. 타프 대용으로 사용할 수 있는 대형 쉘터를 몇 개 써봤으나 이것들은 타프보다 더 힘들었다. 즐기려고 가는 캠핑인데 준비하느라 진을 다 뺄 수는 없으니, 최대한 설치와 철수가 간편한 장비를 검색하기 시작했다. 그래서 선택한 녀석이 폴대와 스킨이 일체형인 캠프타운 엘파소(쉘터)다. 간단하게 설치 해체가 가능하고, 가로세로 길이도 3m로 적당해서 식구 생활하는 데 무리가 없다. 모기장으로 쓸 수 있다는 것도 장점.

지난주에는 국립공원 야영장 중 최대 규모와 깨끗한 시설을 자랑하는 닷돈재 자동차 야영장에 다녀왔다. 원래는 비 소식이 있어 캠핑을 가지 않으려고 했는데, 토요일 아침에 우연히 예약사이트에 들어갔다가 자리가 하나 비어 있길래 냉큼 예약했다. 누가 오늘 아침에 취소했나 보다. 아파트 청약에만 '줍줍'이 있는 게 아니다.

선 예약 후 설득. 캠핑장 비용을 결제하고 아내와 아이에게 캠핑 가자고 말했다. 야영지와 주차장이 붙어 있어 차박도 가능하다고 우겼다. 동의를 얻었으니 곧바로 출발 준비! 부산을 떨며 간단하지만 전혀 간단하지 않게 짐을 꾸렸다.

기분 좋게 출발했다. 아침까지 내리던 비가 그치고 파란 하늘이 얼굴을 드러냈다. 정말 맑다. 일기 예보를 보며 캠핑을 취소한 사람들이 많을 텐데. 물론 그들 덕분에 내가 야영장을 예약했지만 말이야. 하하. 물론 이런 좋은 기분은 늘 그렇듯 잠시뿐이었다.

충청북도에 접어들자마자 비가 내리기 시작했다. 목적지에 가까워질수록 빗줄기는 강해졌다. 마치 내가 비구름을 따라 이동하는 듯했다. 작년에 했던 우중 캠핑의 악몽이 떠올랐다. 비가 많이 오면 말려야 한다고 내 입으로 그렇게 말을 했건만! 지금 와서 핸들을 돌리기엔 너무 많이 와버렸다.

캠핑장에 도착했을 때는 비가 그쳤다. 그때부터 나의 고민이 시작됐다. 타프를 칠 것인가, 쉘터를 칠 것인가. 일단 둘 다 챙겨오긴 했는데 어쩌지? 저 멀리 구름 사이로 파란 하늘이 살짝 보였다. 그래. 비구름은 곧 없어질 거야. 우리 동네는 맑았잖아? 나는 비가 곧 그칠 거라고 단정 지었다. 결국 타프 대신 설치가 쉬운 반자동 쉘터를 쳤다. 차라리 비가 계속 왔으면 고민도 안 하고 타프를 쳤을 텐데. 그때는 내가 왜 그랬는지 모르겠다.

하늘도 무심하시지.

이 정도면 하늘은 원래부터 무심한 게 맞다. 삼겹살을 굽기 시작할 즈음 비가 세차게 내리기 시작했다. 또다시 망했다는 생각이 스쳐 지나갔다. 젠장, 젠장, 젠장! 그냥 타프 칠걸! 후회해도 이미 늦었다. 이 비를 뚫고 나가 다시 타프를 칠 순 없다. 어차피 쉘터도 비를 막아주긴 하니까 이대로 버텨보자. 내일 날씨는 맑다고 하니 실컷 말리고 가는 거야. 지금은 아무 생각 말고 즐기자. 우중 캠핑의 갬성을.

타프 설치는 고되고 귀찮은 작업이라고 누가 말했던가. (내가 말했다.) 바람이 거세지면서 비가 안쪽까지 들이친다. 쉘터가 이리저리 흔들렸다. 안 되겠다. 결국 팩과 망치를 들고 나가 사이드 쪽을 더 고정했다. 스트링까지 바짝 당겨야겠다. 결국 8개의 팩을 땅에 박았다. 이렇게 하고 보니 타프와 난이도가 똑같다. 이럴 수가…….

후드득후드득. 비가 그칠 생각을 하지 않는다. 또다시 텐트를 말릴 생각에 잠을 설쳤다. 순간의 선택이 중요하다는 사실을 다시금 깨달았다. 근거도 없이 제멋대로 날씨를 예측해버린 건방짐의 대가는 흙탕물이 잔뜩 튀긴 쉘터를 말리는 일이다. 타프를 쳤으면 그래도 발코니에서 대충이라도 말릴 수 있었는데. 이놈은 스킨과 폴대가 일체형이라 도저히 집 안에서 말릴 수가 없다. 울며 겨자 먹기로 대충 털고 케이스에 담아 집으로 돌아올 수밖에 없었다.

타프는 비와 햇빛을 막아주는 소중한 캠핑용품이자 기본 중의 기본이다. 기본에 충실하지 못했던 까닭에 나는 오늘도 비에 젖은 채 트렁크에 잠들어 있는 쉘터를 걱정하고 있다. 여전히 비가 세차게 내린다. 도무지 말릴 방도가 없다. 길고 긴 장마가 얼른 지나가길 바랄 뿐이다.

왜 나와서
이 고생이냐

덥다. 덥다. 덥다. 덥다. 덥다……

줄기차게 비가 내리던 토요일. 여름이라 더운 건 이해하겠다만 끈적이는 습도는 견디기가 힘들다. 아침부터 몇 번이나 에어컨을 켰다 끄기를 반복하고 있는지 모르겠다. 가뜩이나 땀도 많은 사람에게 이런 끈적끈적한 날씨는 쥐약 중의 쥐약이다. 일 년 중에서 가장 견디기 힘든 시간이라고 해도 과언이 아니다. 덥다. 괴롭다.

오후가 되자 빗줄기가 잠잠해졌다. 내일까지 뭘 할까. 집에 있으려니 너무 답답한데…… 또다시 병이 도졌다. 발코니에서 창밖 풍경을 바라보다 조심스럽게 아내에게 물었다.

"여보, 비도 그친 것 같은데 우리 서해 가서 차박이나 하고 올까? 혹시 다시 비가 오더라도 차 안에 있으면 괜찮지 않겠어?"

나가길 좋아하는 남편과 아이가 집 안에서 TV만 들여다보고 있는 게 불쌍해 보였는지 아내도 못 이기는 척 따라나섰다.

목적지는 시화나래휴게소. 오이도에서 시화방조제를 지나 대부도에 다다르기 전에 늘 들르던 곳, 주차장에서 바다가 보이는 몇 안 되는 휴게소다. 뷰가 좋아 주차장에서 스텔스 차박을 하는 이들도 많다. 장마철이라 그런지 토요일임에도 고속도로가 뻥뻥 뚫렸다. 한 시간도 걸리지 않아 목적지에 도착했다.

생각보다 사람이 많았다. 도로와는 반대로 휴게소 주차장에는 차들이 가득했다. 바다 쪽 명당자리는 이미 다 찼겠지? 하며 진입하는데 그 좋은 자리에 있던 차 한 대가 눈앞에서 쑥 나가준다. 이런 행운이 있나! 곧바로 주차를 하고 차박 세팅을 시작했다. 트렁크에 있는 짐을 빼고 시트를 집어넣은 다음 매트를 폈다. 날이 습해 땀이 좀 났지만, 바닷바람이 살랑살랑 불어주었기에 참을 만했다. 휴게소 옆 달 전망대에도 올라가보고 바닷가 공원에서 비눗방울을 불며 아이와 뛰어다녔다. 가득했던 검은 구름 사이에 거짓말처럼 빈 자리가 생겼고 그 사이로 시뻘건 태양이 번뜩이며 장관을 만들어낸다. 이야, 이게 얼마 만에 보는 태양이냐. 자리도 좋고, 석양도 좋고. 오늘은 뭔가 잘 풀리는데? 나오길 잘했다고 생각했다. 아주 잠깐 동안.

······

시화나래휴게소에서 본 석양

다시 비가 내리기 시작했다. 우산이 차에 있었기에 보슬보슬 비를 맞으며 주차장으로 뛰어갔다. 옷이 젖었지만, 그때까지도 괜찮았다. 휴게소에서 분식을 사 차 안으로 들어왔다. 옹기종기 앉아 음식을 먹으려던 찰나, 불현듯 '이게 아닌데'라는 생각이 스쳤다. 이유는 단 하나였다. 차 안이 너무 덥고 습하다.

시원한 맥주를 꺼내놓고 이걸 지금 먹을까 말까 고민에 빠졌다. 술을 마시면 여기서 자야 한다. 근데 너무 덥다. 과연 내가 이 상태로 하룻밤을 보낼 수 있을까? 비를 맞고 뛰어와서 그랬는지 등 뒤로 땀이 흐르기 시작했다. 땀이 많은 아재라면 분수가 터진 것 같은 이 기분을 알고 있을 테다. 어쨌든 땀은 터졌는데 에어컨을 켤 수는 없다. 잠깐이야 괜찮겠지만 밤새 공회전을 할 수는 없을 노릇이니까. (기본 중의 기본입니다. 공회전 금지!) 미니 선풍기 하나만으로는 도저히 못 버틸 것 같다는 생각에 결국 철수하기로 했다. 그냥 집에 가자. 차박 세팅을 다시 되감았다. 또다시 땀이 줄줄 흘렀다.

덥다. 덥다. 덥다. 덥다. 덥다……

짜증이 밀려왔다. 이 못난 가장을 믿고 따라와준 아내와 아이는 무슨 잘못일까. 계획대로 되지 않은 일정과 넘치는 불쾌지수 때문에 올라온 짜증이었건만, 그게 얼굴에 쓰여 있으니 아내도 기분이 좋을 리가 없다.

"그러게 왜 나와서 이 고생을 하니."

뼈 때리는 아내의 말에 서러운 마음이 들었다. 여보. 나도 이 정

시화나래휴게소

도일 줄은 몰랐단 말이야. 그저 즐겁게 보내고 싶었던 내 마음을 몰라주는 것 같아 마음이 꽁했다. 에라, 모르겠다. 얼른 집에 가서 씻자.

집에 도착하자마자 에어컨을 최대로 틀고 후다닥 샤워를 마쳤다. 내가 삐졌다는 걸 눈치챈 아내가 말했다.

"막걸리라도 한잔할까?"

"그러든가."

심드렁하게 대답했다. 참 없어 보인다.

그렇게 에어컨 아래에서 막걸리 한 사발을 들이켰다. 캬~ 시원하다. 그제야 이 습한 날씨에 집으로 돌아오길 잘했다는 생각이 들었다. 그러지 않았다면 지금쯤 차 안에서 오만 짜증을 다 내고 있었을지도 모른다. 계획이 틀어져서 정말 다행이다. 이렇게 되어버린 게 감사할 따름이다.

그러고 보니 오래 머물지 않았던 그곳에서, 며칠째 비구름에 가려져 있던 태양이 잠시 나타났던 게 생각났다. 생각하지도 못했던 찰나에 멋진 석양까지 감상했던 그때만큼은 내가 이곳에 있음을 감사해했다. 그리고 지금, 시원한 집에 와 있으니 무척 감사하고 있다. 잘 가서 잘 놀고 잘 왔잖아? 그러면 된 거 아닌가? 내가 꽁해 있을 이유가 없다. 오히려 감사해야지.

그래. 돌이켜보면 세상에는 감사할 일투성이다. 가끔 세상이 삐딱하게 보이고 짜증도 나지만, 어느 정도 시간이 지나면 대부분 좋은 기억이 된다. 그러니까 순간의 감정에 휘둘릴 필요는 없다. 그저 자연스럽게 받아들이고 감사하면서 살면 그만이다. 아내의 표현을 빌리자면 나는 아직 '못난이 꼰대 삐돌이'에 불과하지만, 앞으로는 열심히 수양해서 꽤 괜찮은 어른이 될 것이다. 그게 언제가 될는지는 모르겠지만.

캠린이's Story

흐릿한 날씨에도 사람이 많았다는 것보다 놀랐던 점은, 차량 뒤편에서 자리를 펴고 라면을 끓여 먹는 사람들이 꽤 많았다는 사실이었다. 내가 지금 캠핑장에 왔나? 잠시 착각할 정도로 많은 이들이 스텔스 차박을 빙자한 야영을 하고 있었다. 엄밀히 모두 불법행위다.

고속도로를 포함해 대한민국의 모든 휴게소는 (당연히) 야영 금지다. 차박은 야영이 아닌가 반문할 수도 있겠지만, 단순히 주차 후 차에서 잠만 자는 스텔스 차박을 야영이라고 보기는 어렵다. 하지만 차 밖으로 의자와 테이블을 꺼내고, 거기에 취사까지 한다면 그것은 야영이 된다. 그렇다면 취사 없이 도시락만 먹는다면? 솔직히 모르겠다. 사실 이런 세세한 사항까지 판단하기는 어렵다. 캠핑 인구가 늘어나는 사회적 분위기를 반영해 전 국가적인 차원에서 관련 지침이나 규정을 마련했으면 한다. 한 가지 분명한 건 타인에게 불쾌감을 주거나 피해를 끼치면 안 된다는 점이다.

2부

estd 2021

캠핑 최적화의
기술

시작은 가볍게

이 이야기는 내가 캠핑을 시작하기 전으로 돌아간다.

캠핑 가야지 마음만 먹고 한 번도 출정을 못 했다. 진짜 가고는 싶은데, 어디서부터 어떻게 시작해야 할지 도무지 모르겠다. 잔뜩 걱정하며 캠핑 카페를 기웃거리던 중 친한 선배에게 연락이 왔다. 자신이 속한 모임에서 1박 2일로 가족 단위로 캠핑 겸 피크닉을 진행하는데 같이 가자고. 아이들을 위한 명랑운동회와 놀이도 준비하고 있단다. 안 그래도 요즘 아이가 심심해하는 통에 잘 되었다. 슬쩍 물어보려는데 눈치 빠른 아내가 "나는 안 가도 되지?"라며 미리 선을 그었다. (혼자 애 데리고 다녀오라는 뜻이다.)

선배는 숙박비를 내고 펜션에서 자도 된다고 했지만, 아이와 둘만 가는 여행이니 굳이 큰 방이 필요가 없었다. 날씨도 괜찮으니 그냥 차에서 자보는 것도 괜찮겠다. 이렇게 첫 차박에 도전하게 되는 건가? 어쨌든 잘됐다. 주최 측에서 음식을 제공한다고 하니 따로 준비할 게 없다. 간단한 음료와 옷가지만 챙겼다. 뒷좌석을 접고 발포 매트를 깔았더니 제법 잘 만한 공간이 나온다. 조수석에 카시트를 설치하고 아이를 태웠다. 단둘이 떠나는 첫 번째 캠핑 여행. 지금부터 시작이다.

목적지는 충주시 동량면에 있는 '명돌캠프'. 폐교를 개조해 펜션과 함께 캠핑장을 운영하는 곳이다. 넓은 잔디 운동장과 춘향이가 탔을 법한 그네, 그리고 초대형 방방이(트램펄린)가 있어 아이들 놀기에 좋다. 건물 뒤편에는 토끼와 닭을 비롯한 동물도 키우고 있단다.

모르는 사람들이 태반이었지만 선배의 도움으로 얼굴을 트고 인사를 나눴다. 아이들은 비눗방울 하나에도 금세 친해져 이리저리 손을 잡고 돌아다닌다. 얼마만인지도 모를 낮술을 마시며 선배와 이런저런 얘기를 나눴다. 봄날의 한복판, 언젠가 한 번쯤 보았을 법한 등나무 벤치에 앉아 유유히 흐르는 강물과 산과 기찻길을 바라본다. 이 기분을 뭐라고 표현해야 할까. 좋은 날, 좋은 사람과 자연 속에서 보내는 시간은 아주 특별했다. 답답하게 쌓여 있던 가슴속 응어리들이 '탁' 하고 사라졌다. 마치 새로운 세상에 와 있는 것 같은 이런 감정은 태어나 처음으로 겪어보는 아주 좋은 느낌이었다.

아이는 그곳에서 두 살 터울의 형을 만났다. 마치 소울메이트가 된 듯 친해진 형의 손을 붙잡고 캠핑장 이곳저곳을 돌아다녔다. 덕분에 잠시나마 육아에서 벗어나 혼자만의 시간을 가질 수 있었다. 캠핑장 주변을 걸었다. 숨을 들이마시고, 내쉬고, 힘들었던 지난 일을 생각했다. 그리고 용기를 내자고 다짐했다.

바비큐가 곁들여진 저녁과 조금은 길었던 술자리가 끝났다. 이제 자야 할 시간이다. 매트 위에 챙겨 온 이불을 펴고 하품하는 아이를 눕혔다. 차 안은 좁았지만, 아주 아늑했다. 예상했던 것보다 포근하게 '꿀잠'을 잤다. 몇 시간 후에 날이 밝아져 자동으로 일어나야 했지만.

어쩌다 떠나게 된 첫 번째 차박 캠핑. 사실 캠핑이라고 말하기엔 명함도 못 내밀 정도라 민망하기 그지없다. 모든 게 준비된 곳으로 몸만 갔으니까. 하지만 그날의 좋았던 기분 덕분에 나는 무서운 속도로 캠핑에 빠져들었다. 꽤 오랜 시간이 흐른 지금도 그때가 분명하게 생각나는 이유는 그저 잠자리가 바뀌었기 때문인지, 좋은 사람들과 술에 취했기 때문인지, 아니면 그날 밤 내 머리 위로 쏟아지던 별들 때문인지는 모를 일이다.

캠핑 가려면 뭘 준비해야 하지? 어떻게 해야 하지? 캠린이들은 두려움에 떨고 있지만, 실제로 나가 보면 별거 없다. 돗자리 하나 들고 동네 공원에 나가는 피크닉에 텐트 하나 더해졌을 뿐이다. 단순하게 생각하자. 일단 밖에서 한번 잠을 자보면 어떤 것들이 필요한지 알게 된다. 날씨만 허락한다면 당장 필요한 건 텐트와 음식뿐이다. 나머지는 집에서 쓰는 물건을 그대로 들고 나가도 좋다. 일단 나가서 겪어보고 자신의 스타일에 맞는 장비를 준비하면 된다. '나는 캠핑 체질이 아닌데.' '잠은 집에서 자야지.' 이렇게 말하면서 밖에서 못 자겠다고 하는 사람도 막상 나가면 꽤 잘 잔다. 물론 그렇지 않은 사람은 애초 캠핑의 세계에 들어오지 않을 수도 있겠지만.

캠핑 입문자만 누릴 수 있다는 최고의 캠핑은 누가 뭐래도 '초대받은 캠핑'이다. 몸만 가면 되니까. 주변에 캠핑 다니는 친구가 있다면 초대해달라고 말을 건네보자. "오케이. 의자만 하나 챙겨와!"라는 말을 들을 가능성이 크다. 나가서 잠부터 자보는 거다. 아무튼, 중요한 사실은 내가 캠핑을 할지 말지는 한번 해보고 결정해도 늦지 않다는 점이다. 그러니까 일단 나가보자.

그때 목살의 맛을 잊을 수가 없다

　서울에 사는 형과 오랜만에 통화를 하다가 캠핑 얘기가 나왔다. 내가 요즘 캠핑에 빠져 있다고 했더니 형네 가족도 조카들과 종종 캠핑을 다닌다고 한다. 말 나온 김에 이번 주말에 유명산 자연휴양림 야영장을 예약했으니 와서 놀다 가란다. 마침 아내가 출근하는 날이라 아이와 어디에 갈까 고민하고 있었는데 잘 됐다. 이번 주는 가평으로 떠나야겠다.

　이때는 아직 개미지옥에 빠지기 전이라 별다른 장비가 없었다. 형은 괜찮다며 잘 준비만 해서 오라고 했다. (역시 초대 캠핑이 최고다.) 토요일 아침부터 꽉꽉 막히는 도로를 뚫고 목적지에 도착했다.

　유명산 자연휴양림은 경기도 양평에 있는 국립 휴양림이다. 야영장 규모가 꽤 크지만, 가성비가 좋아 주말 예약은 하늘의 별 따기

"장작불을 피우기 위해 토치와 씨름했던
지난날을 잊게 해준 파이어 깍두기"

다. 이곳에는 숲속 놀이터가 조성되어 있어 아이들을 놀이터에 보내놓고 맘 편히 캠핑을 준비할 수 있다.

형을 도와 사이트를 구축하고 릴렉스 체어에 앉아 책을 읽었다. 피톤치드 가득한 숲속 그늘에서 독서라니, 내가 바라던 가장 이상적인 캠핑의 한 장면 아닌가! 물론 얼마 지나지 않아 놀이터에 갔던 아이가 돌아왔지만.

해가 떨어질 즈음, 저녁 준비를 시작했다. 형은 능숙한 솜씨로 화로대와 숯을 세팅했다. 빨갛게 변한 숯에 올려진 고기가 '차르륵' 소리를 내며 익어간다. 허브솔트의 은은한 향이 풍기는 목살을 적당한 크기로 잘라 아이들 접시에 놓아주고, 하나 남은 조각을 들어 상추 위에 올린 다음 쌈장을 듬뿍 발라 입속으로 집어넣었다.

OMG. 대 to the 박.

뭐지? 어떤 다른 말로 표현할 수가 없다. 이거 왜 이렇게 맛있어. 형에게 물었다.

"형, 이거 목살 맞지? 되게 맛있다. 어디서 산 거야?"

동네에 맛있는 고기를 취급하는 정육점이 따로 있나 했다. 그런데 형의 대답은 그게 아니었다.

"이거 우리 집 근처 이마트에서 샀는데?"

"에이~ 무슨 말이야. 그럴 리가. 나도 이마트에서 삼겹살 목살 많이 사다가 먹어봤어. 거짓말하지 마. 이건 그동안 내가 먹었던 고기의 맛이 아니야. 같은 목살인데 왜 이렇게 다르지?"

사실 이런 나의 궁금함과 별개로 좋았던 건 따로 있었다. 아이들도 엄청 맛있다를 외치며 쉴 새 없이 포크를 움직여댔기 때문이다. 입이 짧아 평소에는 잘 먹지도 않는 내 아이도 이때만큼은 걸신이 들린 것처럼 먹고 또 먹었다. 그 모습을 보는 것만으로도 배가 부를 정도로 행복했다.

"애들 잘 먹으니까 너무 좋다."

"그렇지? 우리도 이래서 캠핑 다니는 거야."

형의 이야기는 이랬다. 조카 녀석들도 어릴 때부터 고기를 하도 안 먹어서 이런저런 노력을 했었단다. 그러다 지인을 따라갔던 캠핑장에서 숯불에 목살을 구워주니 그렇게 잘 먹을 수가 없더랬다. 그날 이후로 형네 가족은 기회가 될 때마다 캠핑을 다니고 있다고 한다. 주말마다 짐을 꾸리고 더위와 싸우며 고생을 마다하지 않은 것은 그저 아이에게 맛있는 걸 먹이고 싶은 부모의 마음이 아니었을까.

캠핑지에서 먹는 음식은 맛있다. 열이면 열 그렇다. 똑같은 음식이 캠핑만 가면 맛이 달라지는 이유를 나는 도무지 알 수 없다. 다만 이렇게 짐작할 뿐이다. 사랑하는 사람과 함께 나누고 싶은 마음과 정성이 듬뿍 담겨 있기 때문이라고.

어디로 가야 할지 모르겠다면? 먼저 국공립 야영장을 찾아보는 게 어떨까. 전국에 있는 국립공원 야영장은 '국립공원관리공단 통합 예약시스템'에서, 국공립 수목원의 휴양시설(야영장 포함)은 '숲나들이 홈페이지'에서 예약할 수 있다.

- 국립공원관리공단 통합예약시스템: reservation.knps.or.kr
- 숲나들e: foresttrip.go.kr

코로나19로 인해 현재 국립공원과 자연휴양림 야영장은 거리 두기 단계에 따라 영지의 일부만을 개방하고 있다. 예약 전 홈페이지 안내를 참고하자. 주말 예약은 어렵지만, 공지를 확인하고 있다가 한 달에 한 번 하는 추첨에 도전해보자. 가족이 함께 응모하면 의외로 당첨이 잘 된다.

참고로 국립공원야영장과는 다르게 대부분의 자연휴양림 야영장에서는 장작을 태워서는 안 된다. 당연히 산불 방지와 안전 때문이다. 가끔 몰지각한 분들이 있는데 절대 해서는 안 될 행동이다. 즉시 신고 대상이니 조심해야 한다.

맨땅에 캠핑

86

불꽃 속에서
나를
만났다

유명산 자연휴양림 이후로 몇 번의 캠핑을 형과 함께했다. 오늘은 아내도 함께 용하야영장으로 향했다. 나는 이곳이 너무 좋다. 고된 세팅을 마치고 텐트 바로 앞에 흐르는 개울물에 발을 담근 채 벌컥벌컥 들이켜는 캔맥주의 목넘김은 어디에서도 느낄 수 없는 꿀맛이다.

아이들은 전용 풀장에서 물 만난 듯 즐거워하고, 그런 녀석들을 바라보는 나는 아빠 미소를 지으며 먹고 마신다. 맛있는 바비큐로 저녁 식사를 마쳤다. 텐트 안에서 자기들끼리 낄낄대던 아이들이 어느새 조용하다. 온종일 열정적으로 놀게 하면 생각지도 못한 자유를 얻는다. 그렇게 하루가 저문다.

캠핑장은 밤에 아름답다. 낮에는 난민촌이 따로 있을까 싶을 정도로 너저분하지만, 어둠이 내려앉으면 갖가지 전등과 랜턴의 불빛이 캠핑장의 분위기를 밝힌다. 이게 그 유명한 '갬성'이라는 걸까? 타프의 테두리를 따라 반짝이는 앵두 전구의 조명이 그렇게도 예뻐 보일 수 없다. 참나무 장작이 타들어가는 소리, 고기가 익어가는 소리, 아이들의 웃음소리가 어우러지면 일상에서 겪을 수 없었던 평화로움이 느껴진다. 캠핑 자체는 꽤 고된 작업이지만, 이런 잠깐의 평화를 위해 기꺼이 고생길을 마다하지 않은 게 아닐까 싶었다.

모두가 피곤했는지 일찍 잠자리에 들었다. 혼자 남아 화로대 앞에 앉았다. 빨간색 온기를 품고 있는 숯을 뒤적거리다 남은 장작을 하나씩 올려놓는다. 장작이 조금씩 타오르자 불꽃은 몸을 이리저리 휘갈기며 춤을 춘다. 그 불꽃을 따라가고 있자니 내 마음도 요동을 친다.

힘들었던 시간이 주마등처럼 스쳐 지나갔다. 흔들리고, 흔들리고, 또 흔들렸던 내 모습처럼 불꽃의 모양은 시시각각으로 변하며 후회스러웠던 지난날의 기억을 끄집어냈다. 그러다 문득.

힘들었지. 괜찮아. 토닥토닥.

처음 느껴보는 이상한 기분이었다. 시간이 지날수록 사나웠던 감정은 온데간데없고 눈앞에는 활활 타오르는 불꽃뿐이다. 다른 생각은 모두 잊은 채 불이 움직이는 모습만을 가만히 지켜보고 있는 나를 발견했다.

불꽃은 계속해서 움직인다. 잠깐이라도 제자리에 머물지 않는다.

타오르는 불꽃

이리저리 흔들리며 묵묵히 나무를 태운다. 벌레 소리와 물 흐르는 소리만 가득했던 그때 갑자기 나타난 타닥타닥 소리가 귀를 때린다. 순간 마음이 차분해졌다.

나의 감정도, 고통도 어쩌면 이 불꽃처럼 한번 타올랐다가 결국 꺼질 텐데, 나는 왜 아직도 과거에만 매달려 있을까. 부정적인 생각을 끊어버리지 못하고 계속 따라가고 있었던 이유는 대체 무엇이었을까. 걱정도 불안도 모두 내려놓고 그저 지금에 충실하면 되는 게 아닐까. 나는 지금, 여기에 앉아 불꽃을 바라보며 숨을 쉬고 있다. 괜찮다. 나는 잘 살아 있다. 그게 전부다.

그날 밤은 아주 길었다. 불은 장작 한 묶음을 더 태우고 나서야 꺼졌다. 고요하기만 했던 캠핑장에서 나는 붉게 타오르던 불꽃을 통해 내가 겪은 힘듦이 그저 지나가는 것임을 알게 되었다. 그리고 다시 힘차게 살아갈 용기를 얻었다.

캠핑의 화룡점정이라는 불멍. 그것은 그저 '멍 때리기'로 치부될 일이 아니었다. 불꽃 속에서 나를 만났던 그날 밤 불멍은 그 어떤 명상보다도 뛰어났던 마음 챙김이었다.

'불멍'은 장작불을 보며 멍하게 있는 것을 의미하는 신조어다. 캠핑 인구가 늘어나면서 불멍이라는 새로운 단어가 생긴 것 같지만 사실 불을 보는 행위는 오래전부터 시작되었다고 한다. 외국에서는 불멍을 '인디언 TV'라 부르기도 한단다. 현대인들이 TV를 보듯 과거의 인디언들은 불이 타오르는 모습을 가만히 지켜보았다고. 그때 인디언들은 불을 보면서 어떤 생각을 했을까. 어쩌면 나와 똑같이 자신의 마음을 다스리며 명상을 하지 않았을까?

불멍의 좋은 측면과는 별개로 반드시 지켜야 할 점이 있다. 캠핑의 화룡점정이라는 불멍도 다음 날 아침이면 그저 시커먼 잿더미로 변할 뿐이다. 별도 마련된 수거시설이 없다면 타고 남은 재는 반드시 종량제 봉투에 담아 버려야 한다. 허가되지 않은 장소에서 불을 피우거나 뒤처리하지 않은 채 방치해서는 안 된다. 얼마 전 TV 프로그램에서 몇몇 사람들이 갬성이랍시고 화로도 없이 강가의 돌을 모아 불을 피우는 모습을 본 적이 있다. 그건 갬성이 아니라 불법이다. 불은 반드시 1) 허가된 장소에서, 2) 화로대를 이용하고, 3) 뒷정리까지 깔끔하게 할 수 있을 때만 피우자. 자연에서 얻은 게 많을수록 깨끗하게 쓰고 돌려줘야 한다는 사실을 절대로 잊지 말았으면 좋겠다.

개미지옥(2):
이정현이 부릅니다,
'바꿔'

멀쩡한 캠핑 테이블을 중고장터에 올렸다. 이유는 단 하나. 너무 무거웠다. 원목으로 된 롤 테이블이라 예쁘고 갬성 넘치는 아이템이었지만, 이 무거운 걸 들고 이동하려니 여간 힘든 게 아니었다. 장점은 안 보이고 단점만 눈에 들어오니 이제 바꿀 때가 되었나 보다. 이놈의 기변 욕심은 정말 끝이 없다.

그러고 보니 우리 집에는 캠핑용 테이블이 넘쳐난다. 벌써 다섯 개는 사고팔고를 반복했다. 그러고도 지금 세 개가 있다. 크기가 작아서, 높이가 높아서, 재질이 별로라서. 이유는 다양하지만 요약하면 결국 내 마음에 안 들어서다.

처음 구매한 테이블은 인터넷에서 파는 2만 원대 철제 테이블이었다. 반으로 접을 수 있고 그 안에 바비큐 의자 4개가 들어가 있었다. 그 녀석을 들고 피크닉을 갔던 날, 걷는 도중 반으로 접힌 날카로운 부분에 종아리를 긁혔다. 살이 움푹 파여 다리에 피가 줄줄 흘렀다. 마감 처리가 제대로 안 되어 있었던 것이다. 그 가격에 무언가를 기대한 내 잘못이다. 게다가 사놓고 보니 너무 높아서(55cm) 의자에 앉기도 서기도 애매했다. 결국 중고장터에 올렸다.

두 번째 테이블은 3단 폴딩형 테이블이었다. 저렴한 가격에 품질도 괜찮았다. 높이도 2단으로 조절되어 좌식(돗자리 깔고 앉아서)과 입식(캠핑의자를 놓고) 모두 가능하다고 했지만, 정작 써보니 너무 작고 낮았다. 알고 보니 높이가 32cm였다. 테이블 두 개를 날려버리고 나서야 캠핑용 테이블의 적정 사이즈에 대해 연구하기 시작했다.

두 개의 테이블을 처분한 후부터 원목에 눈을 떴다. 갬성갬성한 예쁜 원목 테이블들이 눈에 들어왔다. 처음부터 괜찮은 제품을 샀으면 아무 문제가 없었으련만, 가성비 좋은 녀석을 고르겠다고 이것저것 구매했다. 지나고 보니 다 부질없는 일이었다.

크기, 높이, 재질, 수납 시 부피 등. 테이블을 구매할 때 고려해야 할 사항은 너무나도 많다. 물론 다른 캠핑용품도 마찬가지다. 각자가 추구하는 캠핑 방향과 선호하는 스타일이 다르므로 어느 것이 좋다고 말할 수 없겠지만, 한 가지는 확실하다. 충분한 고려 없이 가격만 보고 산다면 나중에 반드시 후회한다는 점이다.

중고장터에 보내버린 수많은 테이블을 떠올렸다. 처음부터 잘 맞는 테이블을 샀어야 했어. 누가 귀띔이라도 해줬으면 좋았으련만. 그래서 내가 이렇게 귀띔을 해본다.

테이블 고르기(3~4인 가족 기준)

일단 상판 사이즈는 $90 \times 60cm$는 되어야 한다. 또한 캠핑 의자를 놓고 (입식용으로) 사용하려면 높이가 최소 40cm가 넘는 제품이 좋다. 이 정도는 되어야 이것저것 올려놓고 먹을 수 있다. 너무 작으면 활용도가 낮고 너무 크면 무게와 부피를 감당하기 어려우니 각자의 적정선을 찾아 구매할 필요가 있다. 때에 따라 보조 테이블을 준비하거나 캠핑 박스를 활용해도 좋다.

오랜 시간 돌고 돌아 이제는 테이블 고민을 하지 않는다. 우리 집에는 현재 두 개의 캠핑 테이블이 있다. 코스트코 테이블이라고 불리는 팀버리지 알루미늄 롤 테이블(7만 원 선)과 아베나키 원목 롤테이블(12만 원 선)이다. 상황에 맞춰 선택해 들고 나간다. 캠핑 박스에 상판을 올려 짐을 수납하고 보조 테이블로 활용하고 있다. 이상 사심 가득한 귀띔이었다.

캠린이's Story

〈테이블〉

참 많이도 샀다. 이걸 사면 이 부분이 부족하고, 저걸 사면 또 다른 부분이 마음에 걸린다. 그만큼 테이블은 목적과 용도에 따라 다양한 종류가 있다. 각자 지향하는 목적에 따라 선택하면 된다. 나름의 기준으로 캠핑 테이블을 구분해보았다. 테이블 선택에 도움이 된다면 좋겠다. 모쪼록 나처럼 몇 번을 바꾸면서 후회하지 않길 바란다.

1. 폴딩 테이블

가장 기본적인 형태의 캠핑 테이블. 반으로 접는 제품부터 4폴딩까지 다양하다. 주로 금속 소재로 되어 있다. 원목보다 가벼운 편이다. 가격대는 매우 다양하다. 너무 저렴한 제품은 마감 처리가 되어 있지 않아 커팅 부위가 매우 날카롭다. 다치지 않게 조심해야 한다.

2. 롤 테이블

상판을 롤처럼 말아서 보관할 수 있는 테이블. 일단 수납이 편하다. 상판이 알루미늄으로 된 것도 있고 우드로 된 것도 있다. 개인적 취향이지만, 폴딩 테이블에 비해 예쁘다. 다만 가격이 조금 비싼 편이고 우드 제품은 꽤 무겁다.

3. 박스 상판

캠핑 박스에 상판을 올려 테이블로 사용하기도 한다. 수납과 테이블 두 가지 용도로 활용이 가능하다는 장점이 있다. 물론 막혀 있으니 다리를 뻗기는 어렵겠지?

4. 경량 테이블

미니멀/백패킹 하는 분들이 사용하는 가벼운 테이블. 부피도 작아 휴대하기 편하다. 하지만 너무 가벼운 나머지 무거운 것을 올려놓기에는 위험해 보이고, 일일이 조립해야 하는 것도 있어 조금 번거로울 수도 있다.

〈의자〉

테이블과는 달리 캠핑 의자는 일찌감치 마음에 드는 제품을 구매해 쓰고 있다. 물론 지금까지 몇 번의 방황은 있었다. (아내는 내가 의자를 지를 때마다 당신이 의자왕이냐며 등짝을……) 아무튼 캠핑 의자에도 여러 종류가 있으니 기왕 보는 김에 함께 살펴보자.

1. BBQ 체어

어릴 적 삼촌 따라 낚시 갔을 때 봤던 의자가 지금은 BBQ 체어로 불리고 있다. 크기가 작고 수납이 간편하다. 사람이 앉을 수도 있고, 물건을 올려놓을 수도 있어 활용도가 높다. 가격도 저렴한 편이다. 다만 사이즈가 작고 등을 기댈 수 없어 오래 앉아 있으면 불편하고 엉덩이가 아플 수 있다.

2. 폴딩 체어

폴딩 체어는 말 그대로 접히는 의자를 말한다. 지금 내가 사용하고 있는 제품도 폴딩 체어다. 일단 앉으면 편하다는 게 장점이다. 튼튼하고 디자인도 괜찮다. 요즘엔 팔걸이가 우드로 된 의자들이 인기를 끌고 있다. 다만 등받이가 짧아서 편하게 기대어 쉴 수는 없다.

3. 릴렉스 체어

긴 등받이와 약간 뒤로 젖혀진 각도 덕분에 편안하게 휴식을 취할 수 있는 의자다. 힐링을 찾는 캠퍼들에게 필수품이라 할 수 있다. 길쭉하기 때문에 수납 시에도 부피가 크다는 건 어쩔 수 없는 단점이다. 또한 휴식에는 최고지만, 요리 등을 하려고 앞으로 걸터앉으면 의자가 앞으로 쏠려 조금 불편할 때도 있다.

4. 에그 체어

요즘 들어 많이 보이는 의자인데, 릴렉스 체어와 비슷한데 조금은 다르다. 엉덩이 부분이 움푹 파여 있어 마치 계란 모양이다. (그래서 에그 체어인가?) 앉아보니 꽤 편하다. 수납도 나름대로 간편하니 괜찮다. 지르고 싶지만 참고 있다.

5. 경량 체어

테이블과 마찬가지로 경량 체어는 무게가 가볍고 수납 시 부피가 적어 백패킹을 하는 분들이 선호한다. 물론 오토캠핑에서도 많이 쓴다. 가벼운 소재라 가격이 제법 나간다. 가벼운 만큼 안정성이 떨어질 것 같지만 내하중이 150kg에 육박하는 제품도 있다. (갖고 싶다.)

여지껏 살펴본 바 그래서 뭐가 좋냐고 묻는다면 나는 답할 수 없다. 미안하다. 내가 캠린이라는 점을 잊지 말아달라. 각자의 상황에 따라, 추구하는 캠핑 스타일에 따라 선택할 뿐이다. 가급적 오프라인 매장을 방문해서 직접 앉아보고 선택하라는 말을 꼭 하고 싶다. 모양만 보고 인터넷으로 주문했다가 실패할 수도 있으니까 말이다.

다만 반드시 주의해야 할 사항이 있다. 캠핑 의자는 대부분 천으로 되어 있어 어린아이들이 의자에 선 채로 올라가면 넘어질 수 있다. 특히 야외에서는 위험하기 때문에 항상 신경을 써야 한다. 어른 의자보다 아이들 의자 선택에 더 공을 들여야 하는 이유다.

캠핑 테이블과 의자로 꾸민 홈캠핑 인테리어(feat. 친구네 집)

<u>오토캠핑, 차박, 노지캠……</u>
이게
다 뭐냐

　캠핑에 관심을 가지면서 생전 처음 보는 단어를 여럿 접하게 되었다. 예컨대 '불멍'이나 '갬성' 같은 말은 캠핑을 시작하기 전엔 몰랐던 개념이다. 여기에다 캠핑 장비와 관련된 용어들은 어찌나 많던지. 뭐라고 부르는지 몰라 캠핑용품점에 가서도 망설이던 기억이 난다. 하여간 처음은 다 어렵다.

　그중에서도 초보들을 헷갈리게 하는 말이 있으니, 캠핑의 방식과 종류에 관한 용어다. 캠핑이라고 다 똑같은 줄 알았는데 그렇지가 않단다. 오토캠핑, 차박캠핑, 노지캠핑, 백패킹, 비박, 글램핑…… 많기도 하다. 뭔가 비슷비슷한데 무슨 뜻인지 정확히 모르겠다. 공부하는 마음으로 한번 정리해본다.

1. 차려진 밥상에 몸만 올려라 - 글램핑

글램핑은 풍요롭다는 뜻을 가진 'Glamorous'와 'Camping'의 합성어다. 텐트(대형 천막)와 주방, 편의시설 등 각종 장비가 갖춰진 곳에서 캠핑을 즐기는 방식이다. 건물이 아니라는 점을 제외하고는 펜션과 같다고 생각하면 된다. 물론 그만큼 비싸다.

당연하게도 글램핑에는 별도의 장비를 준비할 필요가 없다. 몸만 가서 캠핑을 즐기면 된다. 편안하기 때문에 캠핑을 경험 삼아(?) 해보려는 분들에게 추천한다. 정해진 장소(글램핑장)에만 가야 한다는 점, 지출이 많이 든다는 점은 어쩔 수 없는 단점이다.

2. 내가 대세다 - 오토캠핑/차박캠핑

오토캠핑은 자동차(Automobile)에 캠핑 장비를 싣고 원하는 장소까지 이동한 다음 그곳에서 캠핑을 하는 방식이다. 가장 대중화된 캠핑이라고 할 수 있다.

차박캠핑 역시 자동차로 이동한다는 점에서 오토캠핑이라고 볼수 있지만, 텐트가 아닌 차에서 잠을 잔다는 점이 다르다. 차박 열풍이 몰아치면서 캠핑카와 카라반 말고도 일반 SUV에서도 차박을 한다. 차량 위에 루프탑 텐트를 설치하거나, 도킹 텐트를 연결해 캠핑을 즐기는 이들도 많다. 있는 듯 없는 듯 차에서만 머물다 떠나는 스텔스 차박도 있다.

3. 봇짐 메고 떠나보자 - 백패킹

백패킹은 말 그대로 캠핑 장비를 등(Back)에 짊어지고 숙영지로 이동해 캠핑을 하는 방식이다. 자동차와 캠핑 장소가 멀리 떨어져 있다는 점에서 오토캠핑과 구분된다. 도보 여행이기에 자동차로 갈 수 없는, 자연과 더 가까운 곳에서 캠핑할 수 있다. 물론 걸어서 이동해야 하므로 장비의 부피와 무게를 줄이는 게 중요하다.

초보자인 내게 백패킹은 엄두조차 낼 수 없는 하이레벨 캠핑이다.(사실 힘들게 걸어가고 싶지가 않다.) 백패킹만이 가지고 있는 매력이 있다고들 하는데, 솔직한 마음으로 나는 그 매력을 맞이할 용기가 없다.

4. 텐트 따윈 필요 없다 - 비박(Biwak, Bivouac)

비박은 텐트를 사용하지 않고 하룻밤을 지새우는 일을 말한다. 이동 중 적당한 장소에 자리를 잡고 침낭 속에서 잠을 잔다. 장소 선정도 잘해야겠지만 일단 텐트 없이 밖에서 잠을 잔다는 것 자체가 초보자에게는 상상하기 어려운 초고난도 레벨이다.

5. 캠핑장은 너무 단조로워! - 노지캠핑

노지(露地)는 원래 '지붕이 없는 땅'을 뜻한다. 하지만 캠핑에서 노지란 야영 시설이 갖추어지지 않은 곳을 일컫는다. 정식 캠핑장이 아니기 때문에 무료라는 장점이 있지만, 개수대나 화장실 같은 편의시설이 없어 불편할 수 있다.

캠핑 장소에 따른 분류이기 때문에 노지캠핑은 오토캠핑이 될 수도, 백패킹이나 비박이 될 수도 있다. 사람의 흔적이 닿지 않은 곳을 좋아하는 캠퍼들에게는 자신만의 비밀의 장소가 있다고 한다. 좋은 장소가 알려져 유명해지면 사람들이 많이 찾게 될 테고, 그만큼 환경이 안 좋아질 수 있으니까 말이다. 물론 유명한 노지에는 언제나 캠퍼들이 넘쳐난다.

6. 기타: 이외에도 필요한 장비를 최소화해 즐긴다는 '미니멀캠핑', 오토바이를 이용해 떠나는 '모토캠핑', 숙박을 하지 않고 당일치기로 다녀오는 '캠프닉' 등의 용어가 있다.

종류와 방식, 장비에 따라 얼핏 복잡해 보이지만 사실 캠핑은 의외로 짧은 단어의 조합으로 표현될 수 있다. 여행과 자연 그리고 시간. 이 세 가지가 적절히 버무려져 우리에게 긍정적인 에너지를 선물하는 행위. 나는 이것이 캠핑의 본질이라고 본다. 아직 캠린이의 수준을 벗어나지 못한 초보 캠퍼이지만, 캠핑을 떠났다가 돌아올 때마다 배우고 공부하며 인생의 스킬을 하나씩 늘려가고 있다. 그래서 나는 참 즐겁다.

재미로 만들어본 캠핑용어사전(feat. 초보의 시선)

- 텐트/쉘터: 비와 바람을 막아주는 주거지. 바닥이 있으면 텐트, 없으면 쉘터

- 타프스크린: 렉타 타프에 걸어 4면을 막아주는 스크린 쉘터

- 타프쉘: 타프와 스크린을 결합한 모양의 쉘터

- 플라이: 텐트 지붕을 덮는 천. 비와 눈으로부터 텐트가 젖는 것을 막아줌

- 베스티블: 텐트에 씌워 추가 공간을 만드는 천. 긴 건 롱베, 짧은 건 숏베

- 야침: 야전침대

- 자충 매트: 자동 충전 매트. 뚜껑을 열면 자동으로 공기가 들어감. 접을 때 귀찮음

- 돼지꼬리: 타프 폴대 등에 걸어 사용하는 행거

- 쿨러: 아이스박스

- 그라운드시트: 텐트 바닥에 까는 방수포

- 팩다운: 땅에 팩을 박는 행위

- 스트링: 로프, 끈

- 스토퍼: 스트링을 고정하는 부품. 삼각형 모양, 일자형 모양, 땅콩 모양도 있다.

- 캠장/캠지기: 캠핑장 사장님, 운영자

가지 말라면
제발
가지 말아요

와, 비가 정말 겁나게 내린다. 하늘이 뚫렸다는 표현을 이럴 때 써도 될까. 벌써 며칠째인지도 모를 정도로 계속되고 있다. 해마다 장마철이면 홍수 피해 소식들이 들려오지만, 올해는 특히 심한 것 같다. 기후가 점점 변해서 사람이 살기 힘들어지는 게 아닌지 걱정스럽다.

이번 장마기에는 캠핑을 쉬고 있다. 지난 주말 비가 그쳤던 틈을 타 시화나래 휴게소에 잠깐 나들이를 다녀온 게 전부다. 빗소리를 들으며 즐기는 캠핑이 아무리 갬성적이라고 해도 나는 그 뒤처리가 너무 힘들다. 그래서 웬만하면 비가 올 때 캠핑을 가지 않는 편이다.

하지만 어떤 사람들은 비가 많이 와도 감당할 수 있나 보다. 카페에 올라오는 글에는 "이번 주말에 어디 어디로 캠핑 가도 괜찮을까요?"라는 질문이 종종 보인다. 캠핑장을 예약해놓긴 했는데 날씨가 이러니 어떻게 해야 하나를 고민하는 모습이었다.

물론 가벼운 비는 충분히 감당할 수 있다. 잠깐 왔다 지나가는 소나기도 마찬가지다. 하지만 '장마'는 아니다. 지속해서 비가 내리면 얘기가 달라진다. 대부분의 캠핑장이 산과 계곡, 강가에 조성되어 있다는 점을 상기한다면, 장마철에는 가급적 캠핑을 떠나지 않는 것이 좋을 것 같다.

......

오늘 아침에 안타까운 뉴스를 접했다. 제천의 한 캠핑장에서 40대 남성이 토사에 휩쓸려 사망했다는 소식이다. 물이 데크까지 차오를 정도로 비가 많이 내렸다는데 왜 이들은 캠핑을 강행했을까. 아무리, 아무리 캠핑이 좋아도 장마철만큼은 참았으면 어땠을까. 그 또한 누군가의 남편이자 아빠였을 텐데. 기사를 보면서 많이 울었다.

용인의 한 캠핑장에서는 하천이 범람해 진입로가 막혔다. 이 때문에 캠핑장에 있던 123명이 고립되었다는 기사가 났다. 다행히 인명 피해는 없었다. 폭우에 도로가 막혔다는 것보다 놀라웠던 점은 이런 날씨에도 불구하고 무려 123명이나 되는 사람이 그곳에 있었다는 사실이다. 재난 문자도 꽤 많이 왔었을 텐데. 알고도 간 건지 모를 일이다.

"비가 이렇게 오는데 캠핑을 가고 싶냐."

"죽고 싶다면 말리지 않겠다."

"당신들 때문에 애꿎은 구조대와 소방관 분들이 고생이다."

"제발 말 좀 들어라."

이런 소리를 듣기 싫어서가 아니다. 자신과 사랑하는 가족의 안전을 위해 위험지역에서 캠핑하는 일은 없어야겠다. 떠나기 전 반드시 날씨를 확인하고, 특히 요즘 같은 장마철에는 뉴스를 통해 어느 지역에 집중호우가 내리는지 사전에 알아보아야 한다. 아무리 완벽한 캠핑일지라도 안전 앞에서는 아무것도 아니다. 캠핑장 측에서 환불해주지 않아 어쩔 수 없이 캠핑을 강행하겠다고 말하는 사람들에게 묻고 싶다. 제발 돈 몇 만 원에 목숨 걸지 말라고. 별일이야 있겠냐며 떠난 캠핑이 악몽이 되지 않기를. 당신과 당신의 소중한 사람들을 위해서 말이다.

비련의 섬,
비내섬

주말 오후, 오랜만에 낮잠을 자고 일어나보니 아내가 거실에서 '사랑의 불시착'을 보고 있다. 인기리에 방영된 그 드라마 덕분에 아내의 팬심은 최근 송중기에서 현빈으로 바뀌었다. 패러글라이딩하다 북한으로 날아갔다는 설정도 그렇지만 거기서 잘생긴 북한군과 로맨스라니! 드라마는 역시 드라마구나. 반짝이는 표정으로 화면에 푹 빠져 있는 그녀를 보며 혀를 끌끌 차던 중 어디선가 본 듯한 풍경이 눈에 들어왔다. 부랴부랴 인터넷에 촬영지를 검색하니 내 생각이 맞았다. 손예진과 현빈, 그리고 북한군 중대원들이 소풍 갔던 곳. 드넓게 펼쳐진 갈대밭과 유려한 강물이 흐르는 그곳은 충북 충주시 앙성면에 있는 비내섬이다.

"여보, 저기 비내섬이래. 기억나지?"

"아 쫌! 말 걸지 말아줄래?" (현빈 보는 중)

"……"

……

비내섬은 남한강 중상류에 형성된 섬이다. 어린 시절에도 종종 갔던 곳인데, 캠핑 바람이 몰아치면서 이곳은 언제부턴가 '노지캠핑의 성지'라고 불리기 시작했다. 화장실을 비롯해 편의시설 하나 없는 드넓은 섬이지만, 유유히 흐르는 남한강을 보며 철새들의 소리를 감상할 수 있는 몇 안 되는 곳이다. 게다가 강물 바로 앞까지 차량으로 진입할 수 있어 꽤 괜찮은 야영지였다. 벌초를 앞두고 고향 가는 길에 잠시 비내섬에 들렀다.

그런데 이상하다. 비내섬 입구부터 풍기는 분위기가 예전과는 많이 달라졌다. 캠핑카와 카라반으로 넘쳐나던 곳이었는데, 차량 출입로가 노란색 바리케이드로 굳게 막혀 있었다. '차량 진입 및 캠핑 금지'라는 큼지막한 글씨도 보였다. 결국 입구에 주차하고 걸어서 들어갈 수밖에 없었다.

비내섬이 막혔다. 앞으로는 충주시에서 비내섬을 자연휴식지로 지정해 관리한다고 한다. 이 좋은 곳에서 이제 캠핑을 할 수 없다니 아쉬운 마음도 살짝 들었지만, 이내 잘된 일이라고 생각했다. 캠핑의 성지라고 소문난 후로 너무나도 많은 사람이 이곳을 찾는다는 얘기를 들었기 때문이다. 조용히 왔다가 조용히 사라지면 좋으련만, 인터넷에 올라오는 비내섬 사진에는 각종 쓰레기와 폐기물, 불명의 흔적들이 상처가 난 듯 남아 있었다. 이런 말까지 쓰기는 정말 싫지만, 화장실이 없는 이곳에다가 용변까지 싸질러놓고 가는 사람도 있었다니…… 캠핑을 금지한 충주시의 조치는 적절했다고 본다.

막혀버린 비내섬을 보며 오래전 경제학 시간에 배웠던 용어가 떠올랐다. '공유지의 비극(tragedy of the commons)'. 공유 자원은 어떤 공동의 강제적 규칙이 없다면 많은 이들의 무임승차 때문에 결국 파괴된다는 이론이다.

자연은 대표적인 공공재다. 네 것 내 것이 없기 때문에 이기적으로 행동할 수 있다. 문제는 서로 욕심만 부리다가 소중한 것을 잃어버릴 수도 있다는 점이다. 일부 몰지각한 캠퍼들의 이기심으로 인해 더는 캠핑을 할 수 없게 되어버린 비련의 섬, 비내섬처럼 말이다.

비단 비내섬만의 문제는 아니다. 사람들이 많이 찾는 무료 캠핑지는 어딜 가나 쓰레기로 몸살을 앓고 있다. 내가 자주 방문하는 대부도 방아머리 해수욕장도 마찬가지. 평일임에도 주차장은 쓰레기로 넘쳐난다. 주말은 더 가관이다. 화장실 세면대에 버려진 라면, 종량제 봉투도 없이 널브러져 있는 각종 폐기물, 타다 만 나무와 잿더미, 모래에 가득한 불꽃놀이의 흔적들. 이대로라면 내가 사랑하는 방아머리 해변도 조만간 폐쇄될 것이다.

깨끗해진 비내섬

……

이 글을 쓸 때의 우려가 현실이 되었다. 2021년 4월 1일부터 대부도 방아머리 해변에서 취사 및 야영, 캠핑 행위가 일체 금지되었다. 마음이 너무너무 아프다.

캠핑을 좋아하는 근본적인 이유는 자연과 조금 더 가까운 곳에서 시간을 보내고 싶기 때문이다. 그런데도 꽤 많은 캠퍼가 환경을 소중하게 생각하지 않는다는 점은 참으로 아이러니일 수밖에. 자연이 공짜로 준 선물을 즐겁게 이용했다면, 최소한 자신의 흔적은 남기지 말고 돌아왔으면 좋겠다. 정말 그랬으면 좋겠다.

별도의 쓰레기 처리 시설이 있는 곳을 제외하고 캠핑 장소에서 생겨난 쓰레기는 되가져오는 것이 원칙이다. 그 지역의 종량제 봉투를 구매해 지정된 장소에 버릴 수도 있겠다. 음식물은 어떻게 하냐고? 동네 마트에서 저렴한 음식물 쓰레기통을 하나 사서 담아오면 된다.

며칠 전 대부도 공영주차장에 가득한 쓰레기를 보면서 언젠가는 이곳도 폐쇄될 수 있겠다고 생각했다. 기분 좋자고 가는 캠핑. 내가 남긴 흔적이 누군가의 마음을 상하게 할 수도 있다는 사실을 절대 잊지 않았으면 한다.

내가 왔다 간 흔적이 없도록 하는 것(LNT, Leave No Trace). LNT는 장소나 상황과 관계없이 모든 야외 활동에서 사람이 자연에 미치는 영향을 최소화하기 위해 지켜야 하는 지침이다. 이것만 잘 지켜도 환경의 훼손을 어느 정도 막을 수 있다.

1. 사전에 계획하고 준비하기

2. 지정 구역에서 산행 및 야영하기

3. 있는 그대로 보존하기

4. 배설물이나 쓰레기를 정해진 방법으로 처리하기

5. 모닥불은 최소화하기

6. 야생 동식물을 존중하기

7. 타인을 배려하기

코로나19 이후로 캠핑 인구가 500만 명을 넘어섰다는 얘기를 들었다. 그 때문인지 요즘 올라오는 캠핑 후기에는 늘 쓰레기 문제와 예의 없는 캠퍼들의 이야기가 넘쳐난다. 이제 캠핑을 시작하는 사람이라면, 아니 캠핑을 즐기는 누구나 LNT를 잊지 말았으면 한다. 제발, 우리 모두 클린 캠퍼로 삽시다.

요즘 대세,
차박

날이 갈수록 주말에 캠핑장을 예약하기가 어려워진다. 코로나19 상황에 따라 사람들은 실내보다 야외를 선호하고, 이런 분위기 속에서 캠핑의 인기는 어느 때보다도 높다. '이번 주말에 캠핑 가야지.'라고 생각하며 캠핑장을 잡으려면 이미 늦었다. 가까운 곳은 전부 만석일 테니까. 캠핑장 예약하기가 힘들다는 핑계로 요즘에는 차박 중심의 캠핑을 다니고 있다.

지난 글에서 살펴봤듯이 사실 차박도 오토캠핑의 한 종류다. 다만 차에서 잠을 자기 때문에 별도 취침 공간을 마련하지 않아도 된다. 순수 차박(스텔스)을 즐기는 사람도 있지만 대부분 주차 후 타프나 도킹 텐트를 차량과 연결해 추가 공간을 만든다.

차박의 핵심은 '평탄화'다. 얼마 전까지 나는 쉐보레 올란도를 타고 캠핑을 다녔다. 이 차는 풀-플랫(뒷좌석이 완전히 평평하게 접히는 상태)이라 그 위에 돗자리만 올려도 잠을 잘 수 있었다. '올란텔'이라는 별명답게 차박에 최적화된 차라고 할 수 있다. 물론 이보다 작은 차로도 충분히 차박이 가능하다. 캠핑 카페에 가보면 경차를 꾸미며 차박을 하는 사람도 있더라. 귀엽뽀짝 터진다. 하지만 솔캠(혼자가는 캠핑)이라면 몰라도, 가족과 함께하려면 최소한 중형 SUV 정도는 되어야 취침 공간이 나올 테다. 아니면 루프탑 텐트 같은 추가 장비를 설치하거나. 나 역시 세 식구 잠자리를 만들기 위해 잔뜩 실려 있는 짐을 모두 밖으로 빼내야 했다. 차박은 간편함이 생명인데, 매번 짐을 빼고 자리를 깔려니 여간 힘든 게 아니었다.

그래서! 조금 더 쾌적한 캠핑 생활을 위해 차를 바꾸고 싶었다(일이 점점 커진다). 캠핑카는 가격이 '어마무시'하므로 엄두조차 못 내겠으니 그냥 오토캠핑과 차박이 모두 가능한 차를 골라보자. 차에서 짐을 빼지 않고도 잠을 잘 수 있는 공간이 나온다면 금상첨화겠다. 차박 카페를 돌아다니면서 어떤 차가 좋을지 공부를 시작했다. 대형 SUV, 카니발, 스타렉스 등 여러 차량을 대상에 올려놓고 고민에 고민을 거듭했다.

결론은 카니발이었다. 그중에서도 지금은 단종된 카니발 9인승 리무진이 가장 좋아 보였다. 이 차는 2열을 손쉽게 분리할 수 있다는 장점이 있다. 3열 역시 바닥으로 접어 넣을 수 있으니 2, 3열을 모두 없애면 2m가 훌쩍 넘는 공간이 나온다. 정들었던 차를 처분하고 녀석을 데려와 본격적으로 차박을 위한 세팅을 준비했다. 기본적으로 차박을 하려면 다음의 세 가지가 필요하다.

1. 평탄화

평평한 바닥에서 잠을 자는 것. 차박의 첫 번째 조건이다. 울퉁불퉁한 곳에서는 잘 수 없다. 혹자는 운전석을 뒤로 젖히면 되지 않겠냐 묻지만 실제로 그렇게 하룻밤을 보내보면 얼마나 불편한지 알게 될 것이다.

출고 당시부터 풀-플랫인 차량이 있다. 그 외 대부분의 SUV는 2열을 접으면 살짝 기울기가 있지만 그럭저럭 잘 만하다. 평탄화를 위해 합판을 깔고 수납까지 제작해 차량을 꾸미는 오너들도 많다. 나는 초보에다 똥손이라 그럴 깜냥이 못 되지만, 차량 크기와 인원에 맞는 평탄화 방법이 있으니 여러 사례를 찾아보면 좋겠다. 카니발에 2층 침상을 만들어 5인 가족이 편하게 잠을 잔다는 그분 정말 존경스럽다.

2. 매트

어느 정도 평탄화에 성공했다면 그 위에 매트를 깔면 된다. 일반 돗자리부터 집에서 쓰는 폴딩 매트, 자충 매트, 두께 20cm가 넘는 에어 매트까지 다양하다. 차종별로 사이즈가 다르므로 내 차에 맞는 매트를 선택하면 된다. 여러 업체에서 차종별 차박 매트를 제작

미니멀 차박 세팅

하광교소담지에서의 차박

해서 판매하기도 한다. 내 차에는 $120 \times 200cm$ 폴딩 매트가 딱 맞아 평소에는 접어놓고 발 받침으로 쓴다. 일반적으로 자충 매트는 4~8만 원 선, 고급 에어 매트는 20만 원 선이다.

3. 방충망

차박을 준비하면서 의외로 방충망을 간과하는 경우가 많다. 차박도 엄연한 캠핑이기에 방충 장비는 필수다. 문을 다 닫고 자면 되지 않겠냐 하신다면 말리고 싶다. 온도 조절도 되지 않을 뿐만 아니라 환기가 안 되어 위험할 수도 있다. (이에 대해서는 의견이 갈리나, 나는 목숨을 담보하기 싫어 아무리 추워도 창문은 조금 열어놓는다.)

어쨌든 밤새 모기와 싸우지 않으려면 일단 방충망이 있어야 하는데, 1) 창문 모기장, 2) 트렁크 모기장, 3) 차박 텐트 등으로 준비할 수 있다. 역시나 다양한 제품들이 판매되고 있으니 본인 성향에 맞추어 구매하길. 나는 트렁크에 장착하는 테일게이트와 창문 방충망을 쓰고 있다.

4. 있으면 좋은 아이템

차에서 잠을 자본 사람이라면 알겠지만, 아무리 선팅이 진하게 되어 있어도 동이 트면 차 안은 밝아진다. 새벽까지 감성에 취하다가 몇 시간 못 자 강제 기상하기 싫다면 창문마다 햇빛가리개를 달아 놓길 권한다. 안대를 준비하는 것도 좋은 방법이다. 또한 차박

갬성을 위해 볼 전구로 예쁘게 장식해보자. 또 다른 분위기가 연출될 것이다.

나머지 장비는 오토캠핑과 크게 다르지 않다. 본인이 추구하는 캠핑 방식에 따라 장비를 준비하고 떠나면 된다. 몇 번 다녀오면 무엇이 더 필요하고 무엇을 빼야 할지 알게 될 것이다. 이제 어디로 떠나야 할지를 생각해보자. 낭만 가득한 캠핑을 상상하면서 말이다.

코로나 시대의 캠핑:
떼캠은
자제합시다

(2019년 9월)

아내의 고향 친구들은 1년에 한 번 정기모임을 한다. 각자 다른 지역에 흩어져 살다 보니 모임 장소가 매번 바뀌는데, 이번에는 몇몇 친구들의 주도로 캠핑을 가자고 얘기가 나왔다. 일곱 가족에 20명이 넘는 인원이라니! 처음 해보는 떼캠(단체 캠핑)을 기대하며 제대로 잠을 설쳤다.

서울, 경기, 대구, 원주 등 전국에 흩어져 있는 친구들을 위해 이번 캠핑 장소는 제천에 있는 '옛날학교캠핑장'으로 정했다. 폐교를 개조해 교실을 숙박 시설로 만들고 운동장을 둘러 캠핑 사이트로 조성했다. 잔디밭과 놀이터, 방방이, 간이 수영장까지 있으니 아이들이 놀기에 참 좋다. 애들이 잘 놀아야 어른들도 행복하다. 왜냐하면 애를 안 봐도 되니까!

　텐트를 피칭하고, 각자 가져온 테이블과 의자를 길쭉하게 깔아보니 규모가 어마어마하다. 둘 혹은 셋만 다니던 캠핑에서 사람이 많아지니 뭔가 대단해 보인다. 게다가 일꾼들이 이렇게 많을 수가! 힘들었던 타프와 텐트 설치도 함께하니 식은 죽 먹기다. 아내의 친구가 뚝딱 만들어준 회무침에 반쯤 얼어버린 맥주를 꿀꺽하니 이곳이 천국이다.

　아이들은 잔디밭에서 뭐가 그리 좋은지 시시덕거리고 어른들은 술잔을 주고받으며 그동안 못다 한 이야기를 나눈다. 즐겁다. 행복하다. 오랜 친구들, 좋은 사람들과 함께 북적북적 보내는 캠핑이 이렇게 재미있을 줄이야. 이것이 떼캠의 매력인가 보다. 짧기만 한 캠핑 인생이지만 나는 지금까지 가장 즐거웠던 캠핑을 꼽으라면 1초도 망설이지 않고 이날의 행복했던 기억을 떠올린다.

　그러나……

（2020년 7월）

　터질 게 터졌다. 비교적 안전하다고 여겨졌던 캠핑에서도 코로나 집단 감염이 발생했다. 캠핑 동호회 회원 18명이 같은 장소에서 캠핑을 즐겼는데, 이 중 6명이 확진된 것이다. 기사를 보자마자 나도 모르게 오 마이 갓을 외쳐버렸다. OMG!

"뜨거운 냄비를 들 때도,
팩을 뽑아 정리할 때도,
거친 물건들로부터 내 손을 보호해주는 목장갑"

언택트 시대에 최고의 여가랄 때는 언제고 여기도 빨간불이다. 야외 활동이라도 얼마든지 감염의 위험이 있음을 경고하고 있다. 사실 여러 사람이 모여 함께 식사하고 대화를 하는 것은 실내든 실외든 상관없이 우려스러운 일이다. 그러니까 이건 캠핑 자체의 문제라기보다, 야외라고 방심하며 거리 두기를 하지 않은 이유가 더 크다고 본다.

코로나19 이후로 캠핑 인구가 급속도로 늘어났다. 캠핑장 예약은 인기 과목 수강 신청 저리가라다. 무료로 야영할 수 있는 곳은 거짓말 하나 안 보태고 인산인해다. 코로나를 피해 왔는데 여기서 더 걸리겠다는 우스갯소리가 웃기게만 들리지 않을 수밖에.

코로나 상황이 언제 종료될지 도무지 예측할 수 없다. 하지만 분명한 것은 그때까지는 캠핑을 가서도 방역 수칙을 잘 지켜야 한다는 점이다. 본인의 사이트에 머무를 때를 제외하고는 마스크를 쓰고 개수대나 화장실 등 공동 시설을 이용할 때는 더욱더 조심한다. 지붕이 있든 없든 바이러스는 잘만 돌아다닌다. 이런 글을 쓰고 있는 내 마음도 편치가 않다. 현실이 정말 슬프다.

캠핑 카페에서 단체 정모를 한다는 얘기를 들을 때마다 우려스러웠는데 기어코 올 게 왔구나 싶었다. 늦었지만 이제라도 단체로 모이는 캠핑은 자제하는 게 어떨까. 걸릴 줄 몰랐다고 아무리 말해도 소용없지 않은가. 알고 만나는 사람은 없으니까 말이다. 상황이 종료될 때까지는 가급적 가족 단위로, 소규모로 캠핑을 즐겼으면 한다. 조금만 더 참아보자.

좋은 사람들과 함께 시간을 보내는 것만큼 행복한 일은 없다. 나역시 작년 가을 그토록 즐거웠던 캠핑을 잊지 못한다. 다시 모이자!라고 말하고 싶은 마음이 굴뚝같지만, 올해는 아무래도 건너뛰어야할 것 같다.

캠핑을 포함해 코로나 시대에 여행을 떠난다는 건 참으로 어려운 일이 되었다. 안 나가자니 답답하고 밖으로 나가자니 감염될까무섭다. 어찌할 수 없는 것들투성이인 세상. 마음이 아프지만, 지금은 정녕 조심하고 또 조심하는 방법뿐이다.

*2021년 5월 현재 거리 두기 지침에 따라 5인 이상의 사적 모임이 금지되었다. 당연히 캠핑장에도 적용된다. 이놈의 코로나가 언제 끝날지 모르겠지만, 지킬 건 지키고 조심할 건 조심하면서 캠핑을 즐겨야 하지 않을까?

캠핑 음식은 뭐든지 꿀맛

모두가 동의할지는 모르겠지만, 나는 인생에서 가장 즐거운 시간 중 하나가 맛있는 음식을 먹을 때라고 생각한다. 오죽하면 먹는 게 반이라고 할까. 특히 밖에 나가서 먹는 음식은 희한하게도 맛이 좋다. 요리를 못 해도 어지간하면 괜찮다. 캠핑장의 저녁이 아름답게 느껴지는 이유도 마찬가지가 아닐까. 여기저기 피어오르는 연기와 고기 익는 냄새, 사람들의 웃음소리가 어우러지면 마치 이 시간만을 위해서 캠핑을 온 것 같은 느낌마저 든다. 아무튼 캠핑도 먹는 게 반이다.

캠린이의 메인 음식은 당연하게도 바비큐였다. 캠핑을 가면 당연히 불을 피우고 고기를 구워야 한다고 생각했다. 그런데 캠핑을 떠나는 횟수가 늘어나다 보니 음식에 대한 고민도 깊어졌다. 바비큐를 즐기려면 화로대와 장작(또는 숯), 그릴(석쇠), 토치, 연료 등 챙겨야 할 장비가 많다. 손도 많이 가고 무거운 데다 매번 고기만 먹으니 바비큐가 조금 지겹기도 하다. 뭔가 '쌈빠한' 요리 없을까?

사실 무엇을 먹어야 할지 정해진 답은 없다. 내가 좋아하는 음식을 준비해 즐길 만큼 즐기다 오면 그만이다. 바비큐뿐만 아니라 캠핑 고수들의 블로그나 카페 후기를 보면 입이 떡 벌어지는 음식 사진이 즐비하다. 간단한 토스트부터 어묵탕, 곱창볶음, 아니면 삼계탕처럼 손이 많이 가는 음식까지. 멋진 조명에 찍힌 밀푀유나베와 크림새우 사진을 보며 감탄했던 기억이 난다. 초보의 눈에는 이런 분들이 정말 존경스러울 정도다.

시간이 지날수록 나의 캠핑 음식도 변해갔다. 캠핑 간다고 매번 불을 피울 필요는 없다. 바비큐는 불멍을 하고 싶을 때만 하고 가급적 손을 줄이기 위해 간단한 메뉴를 준비한다. 양념 주꾸미, 닭갈비, 떡볶이 등 버너와 냄비만 있으면 만들 수 있는 것들이다. 그러던 중 '구이바다'라는 제품을 알게 되었다. 취사도구 중 캠퍼들의 만족도가 꽤 높은 제품이다. 큼지막한 전골팬에 볶음류와 국물 요리도 가능하고, 별도의 키트가 있어 직화요리까지 가능한 만능 엔터테이너. 10만 원이 넘는 가격이 살짝 부담스러웠지만, 결론적으로는 정말 사길 잘했다고 생각한다.

나는 결단코 업체 관계자가 아님을 미리 밝힌다. 불필요한 오해는 하지 말아주시길. 아무튼 이 녀석만 있으면 거의 모든 요리가 가

무조건 맛있는 캠핑 음식

능하다. 삼겹살과 목살을 굽고, 남은 고기에 참기름을 넣어 볶음밥을 해 먹고, 거기에 물을 부어 라면까지 끓여 먹을 수 있으니 그야말로 나이스다. 캠핑장뿐만 아니라 집에서도 활용 빈도가 높다. 내 비록 이번 생에 대장금이 될 수 없겠지만, 녀석과 함께라면 충분히 즐거운 식생활이 가능하다.

최근 들어 타인과 접촉하지 않는 스텔스 차박 위주로 캠핑을 다니고 있다. 이때는 주로 여행지의 식당을 이용한다. 이마저도 여의치 않을 때는 근처 편의점에서 도시락이나 컵라면을 사 와 차에서 간단히 먹기도 한다. 그마저도 꿀맛이다.

캠핑 가서 먹는 음식이 맛있게 느껴지는 이유를 나는 알지 못한다. 아마도 이것저것 설치하고 움직이느라 배가 고파서? 아니면 바깥바람이 살랑살랑 불어서? 그것도 아니면 기분이 좋아서일지도 모르겠다. 아무튼 이 맛을 어떻게 표현해야 할까 생각해보니 요즘 아이들이 쓰는 말 중에 딱 맞는 단어가 있다. 엊저녁 먹다 남은 삼겹살과 부추 무침과 김치와 참기름과 김 가루를 넣어 지글지글 익혀 낸 볶음밥은 정말이지 '오졌다.'

캠핑장에 전기밥솥을 가져와 밥을 지어 먹는 사람도 있지만(리스펙), 나 같은 초보는 무조건 즉석밥이다. 전자레인지가 없는 경우에는 끓는 물에 10분 동안 데워서 먹으면 된다고 하지만, 실제로 해보면 생각보다 잘 안 된다. 이거 왜 안 익지? 하면서 뒤집다가 뜨거운 물이 튀어 화상을 입을 뻔하기도…… . 검색을 거듭해 발견한 즉석밥 데우기 꿀팁을 공유한다.

① 즉석밥 뚜껑에 칼집을 낸다. 칼을 들고 한자를 써라! 석 삼(三) 혹은 내 천(川)이다.
② 즉석밥 바닥에도 십자로 칼집을 낸다. 크게 낼 필요는 없다. 증기가 빠져 나올 정도면 OK!
③ 코펠(냄비)에 물을 넣고 즉석밥을 뒤집어 올린다. 이때 코펠의 크기는 즉석밥보다 작아야겠지? 이제 불을 켜고 물을 끓이면 된다.

이 방법은 물을 끓여 만두를 찌듯 수증기를 즉석밥 안으로 강제 투입하는 고도의(?) 기술이다. 그러니 너무 어렵게 생각하지 마시길…… . 2~3분이면 따뜻한 밥을 먹을 수 있다.

*주의사항: 즉석밥 안에 방부제가 있을 수도 있으니 확인할 것

이마저도 여의치 않다면 프라이팬에 즉석밥 내용물을 투하해 물을 붓고 살살 저어가며 끓인다. 다만 물의 양을 잘 조절해야 한다. 경험상 100~120ml가 적당하다.

즉석밥 데우기 팁

Winter

is

Coming

　한때 미국 드라마 '왕좌의 게임'에 푹 빠진 적이 있었다. 쉴 새 없이 몰아치던 그 스펙터클한 스토리에 푹 빠져 나 역시 숨 쉴 틈이 없었다. 그만 보고 자야 하는데 다음 이야기가 너무 궁금해 새벽까지 정주행을 하다 간신히 출근하기도 했다. 비록 원작자인 조지 마틴이 더는 소설을 쓰지 않아 막판 스토리가 맥없이 끝나긴 했지만, 그래도 '왕좌의 게임'은 몇 안 되는 나의 인생 드라마 중 하나다.

　극 중에서 묘사되는 겨울은 단순하게 춥고 눈보라가 휘날리는 계절이 아니다. 이곳의 겨울은 길다. 그리고 대륙의 북쪽에서 언데드(좀비)라는 무시무시한 존재가 출몰하기에 어쩌면 인간 세계가 멸망해버릴 수도 있는 아주 위험한 계절이다. 겨울은 늘 차갑고, 불안하고, 걱정스럽다.

캠린이에게도 겨울은 그런 존재다. 캠핑을 하고는 싶은데 막상 나가자니 무섭고 불안하고 걱정스럽다. 게다가 작년에 야심차게 도전했던 첫 동계 캠핑이 매캐한 기름 냄새와 아이의 코피로 얼룩져 대참사로 끝난 경험이 있었기에, 하고 싶은 마음만 가지고는 안 된다는 것을 뼛속 깊이 느끼고 있다.

...…

Winter is Coming. ('왕좌의 게임' 시즌 1의 제목이다.) 야속한 시간이 흘러 그 계절이 오고 있다. 따뜻한 집도 좋지만 나는 여전히 바깥세상을 원한다. 격렬하게 나가고 싶다. 하얀 눈이 소복이 쌓인 아침 풍경을 보고 싶다. 그리하여 나는 다시 동계 캠핑에 도전하겠다 마음을 먹었다.

지난 캠핑을 되돌아보니 나는 그동안 스텔스 차박(아이와 둘만)과 오토캠핑(아내도 함께)을 주로 다녔다. 그래서 동계에도 이 두 가지가 모두 가능한 장비를 찾아야 했다. 작년에 준비했던 작은 난로만으로는 따뜻한 캠핑을 할 수 없다. 난로 열기를 순환시켜줄 서큘레이터, 등을 따습게 해주는 전기매트, 두툼한 침낭 등등 사야 할 게 천지다. 그마저도 전기가 없는 곳에서는 무용지물이다. 이거 전부 준비하려면 엄청나겠는데? 배보다 배꼽이 더 크겠다는 동료 캠린이들의 말이 어느 정도 이해가 간다.

차박 도킹 텐트

차박과 오토캠핑을 위한 장비를 찾다가 차량 도킹과 독립 설치가 모두 가능한 적절한 제품을 알게 됐다. 가격이 만만치 않았지만, 끈질기게 중고 장터를 들락날락해 정가보다 훨씬 더 저렴하게 샀다. 이제 차 안쪽 공기만 해결하면 된다. 다시 차박 카페에 들어가 다른 사람들은 겨울에 어떻게 캠핑을 하는지 공부를 시작했다.

드디어 방법을 찾았다. 딱 나 같은 사람을 위해 만들어놓은 제품이 있다. 겨울철에 시동을 켜지 않고도 따뜻한 바람을 채워주는 무시동히터와 파워뱅크, 여기에다 온열매트까지 준비한다면 겨울철에도 끄떡없이 캠핑을 할 수 있을 것 같다.

문제는 단가가 매우 높다는 것이다. 국산 파워뱅크와 무시동 히터를 합치면 100만 원을 거뜬히 넘긴다. 차량용 온열매트도 20만 원 정도였다. 그러니까 지금 나는 추가적인 지출을 감당하고 따뜻하게 동계 캠핑을 즐길 것인가, 아니면 이 모든 걸 포기하고 겨울에는 집에서 쉴 것인가를 결정해야 하는 상황이다.

겨울 캠핑에 도전하려면 무엇이 필요한지 이제 감이 오는가? 눈치가 빠른 분들은 벌써 알아차렸을 것이다. 그렇다. 돈이 필요하다. (눈물이……)

고민에 고민을 더할 무렵 출판사에서 연락이 왔다. 이 책의 원고를 좋게 봐준 출판사에서 출간 제의를 받은 것이다. 그때 머릿속에 뻥 하고 전구가 켜졌다. 그렇지! 책이 출간되면 어찌 됐든 인세가 들어올 것 아닌가. 더구나 이 책은 캠퍼들을 위한 책이고, 나는 나의 경험을 독자들에게 알려야 할 의무가 있다. 그렇다면 인세를 미리 받은 셈 치고 월동 장비를 질러도 되지 않겠는가!

오호라. 정말 최고의 아이디어다. 이 정도면 아내를 설득할 수 있을 것이다. 신이 나서 아내에게 말했다. 이러이러해서 이러하니 이런 장비를 좀 사겠습니다! 나의 기막힌 생각을 듣자 아내도 기가 막힌다고 했다. 더는 할 말이 없다며 웃었다. 그렇게 좋아하면 사라고. 등짝 스매싱도 생략한 채 허락을 받았다. 웬일이지?

좋다. 이제 나는 파워뱅크와 무시동 히터를 설치하러 간다. 처음 캠핑을 시작할 때는 상상도 못 했던 장비들을 구매 선상에 올려놓고 고민하는 내 모습이 낯설지가 않다. 새롭게 생긴 개미지옥에 다시 빠져 행복해하는 모습. 나는 여전히 초보의 티를 벗지 못한 채 설레고 있는 중년의 어린이다.

동계 캠핑은
혹한기 훈련이
아닙니다

군대 가던 날, 폭설이 내렸다. 김광석의 노랫말처럼 집 떠나와 열차 타고 훈련소로 가는 길, 우울한 마음에 그저 을씨년스럽게만 느껴졌던 논산의 바람은 차갑다 못해 뼛속까지 시릴 정도였다. 20년 전 유난히 추웠던 그해 겨울을 나는 잊지 못한다.

그러고 보니 육군훈련소에서 6주 동안 받았던 기본 군사교육에는 숙영 훈련도 포함되어 있었다. A형 텐트를 치고 산속에서 야영을 하는 훈련이었는데, 사실 겁나게 추웠다는 것 말고 잘 기억나지 않는다. 자대 배치 이후에도 혹한기 훈련을 두 번이나 받으며 숙영을 했으니, 어찌 보면 나는 혹한기만 세 번을 경험한, 지지리도 축복받은 군번이다.

혹한의 축복과는 별개로 나는 여전히 동계 캠핑을 망설이고 있었다. 파워뱅크와 무시동 히터를 사야겠다고 마음을 먹었지만, 여전히 두려움과 기대감 사이에서 한 달을 더 고민했다. 그러는 사이에 날씨는 더 추워졌다. 이제 더는 미룰 수 없다. 그래서 오늘, 드디어 무시동 히터를 설치하기로 했다.

설레는 마음으로 출근해 인터넷을 돌아다니다 포털사이트 메인에 올라온 뉴스를 접했다. 캠핑용으로 개조한 버스에서 잠을 자던 50대 1명이 숨지고 함께 있던 이들도 병원으로 이송되었다는 내용이다. 무시동 히터를 켜고 차박을 하다가 참변을 당한 것이다. 하필이면 무시동 히터를 설치하는 날 이런 기사라니! 그리고 보니 며칠 전에는 텐트 안에서 20대 남녀 2명이 숨진 채 발견되었다는 기사를 봤다. 이들의 텐트 내부에는 액화가스 난로를 피운 흔적이 있었다고 한다.

......

캠핑을 사랑하는 사람으로서 이런 소식을 들을 때마다 나는 마음이 너무나도 아프고 화가 난다. 우리가 캠핑을 하는 목적이 과연 무엇인가. 자연과 가까운 곳에서 즐겁게 시간을 보내기 위함이 아닌가. 그렇게 떠난 캠핑지에서 '안전'이 보장되지 않는다면 그건 더는 캠핑이 아니다. 만용이라고 표현하기도 어려운, 그저 어리석은 행동일 뿐이다.

해마다 이맘때쯤이면 발생하는 사건 사고. 동계 캠핑에서 잘못된 난방으로 일산화탄소에 중독되는 사례가 의외로 빈번하게 들린다. 자연 연소가 되는 난방기구를 사용하면 필연적으로 일산화탄소가 발생한다. 이때 공기 순환이 없으면 순식간에 일산화탄소 중독으로 사망할 수 있다. 게다가 일산화탄소는 무색, 무미, 무취의 기체라 경보기가 없으면 쉽게 알아차릴 수도 없다. 기척도 없이 생명을 앗아간다는 점에서 일산화탄소는 소리 없는 살인자로 불릴 만하다.

그러니까 제발, 날씨가 아무리 추워도 바깥 공기가 들어올 수 있도록 해야 한다. 환기구는 찬바람이 들어오는 곳이 아니다. 내 목숨을 지켜주는 생명의 구멍이다. 마찬가지로 차박을 할 때도 가급적 창문을 살짝 열어놓고 자는 것이 심신에 이롭다. 그리고 밀폐된 텐트(쉘터)나 차내에서 난방기기를 작동하면 절대로 안 된다. 환기했다고 하더라도 일산화탄소 경보기는 반드시 설치한다. 그리고 절대 캠핑 가서 정신을 못 차릴 정도로 술을 마시지 말라! 겨울철에는 특히 더 그렇다. 술에 떡이 되면 경보기 소리에도 반응하지 못할 수 있으니까. 텐트에서 자는 경우라면 잠들기 전 머리맡에 커터칼을 준비해놓고 유사시엔 텐트를 찢고 탈출할 수 있도록 한다. 이렇게까지 해야 하나 싶지만 준비해서 나쁠 거 없다. 안전이 제일이다.

최소한 이 정도는 지켜줬으면 좋겠다는 마음으로 주저리주저리 적었다. 한여름에도 집중호우나 태풍으로 안전사고가 빈번하게 발생하지만, 동계 캠핑은 그보다도 신경 써야 할 것이 훨씬 더 많다.

그러니까 조심하고 또 조심하자.

...

퇴근 후 무시동 히터를 설치하고 시운전을 하면서 차 안에 일산화탄소 경보기 두 대를 설치했다. 이번 주말, 드디어 동계 캠핑 출동이다. 가까운 곳에 가볍게 다녀오는 것부터 천천히 시작해보려고 한다. 거리 두기 지침도 철저하게 지키고, 사람 많은 곳에는 가지 말아야지. 스텔스 차박이라는 이름답게 아예 차 밖에 있는 시간을 최소화하려고 한다.

그럴 거면 왜 나가냐? 차라리 집에 있는 게 낫겠다고 말씀하신다면 나는 자신 있게 대답하겠다. "차 안에만 있어도 밖에 나가는 게 좋으니까!"라고.

동계 캠핑에 도전하겠다고 마음을 먹었다면 일단 축하한다. 당신은 추운 날씨에 굴하지 않을 정도로 이미 캠핑에 푹 빠졌다고 볼 수 있다. 나 역시 누굴 가르쳐줄 입장은 못 되지만, 그래도 1~2년 먼저 시작해 다수의 삽질을 경험해본 사람으로서 초보들이 쉽게 접근할 수 있는 동계 캠핑 장비를 소개해보려고 한다.

1. 거실형 텐트 또는 쉘터

난로나 히터는 거실형 텐트의 전실 공간 또는 쉘터 바닥에 설치한다. 텐트 내 난방기구 사용에는 언제나 위험이 따르므로 주의해야 한다.

2. 난방기구

전기를 사용할 수 있다면 전기장판과 팬히터를 사용하는 것이 안전성 측면에서 좋다. 등유나 가스를 이용한 난로 사용 시 반드시 환기창을 확보하여 일산화탄소 중독에 대비한다. 최근 차박 열풍이 불면서 무시동 히터를 설치하는 사례가 많아졌다. 지출이 조금 늘더라도 안전 인증을 받은 제품을 선택하여 시공하길 바란다.

3. 침낭 및 방한용품

난방 열량이 충분하다면 텐트 내에서 반팔을 입고 지낸다고 한다. 하지만 나는 안전제일주의라 환기창을 최대한 확보하는 편이다. 찬바람이 들어와 춥다. 그래서 두꺼운 침낭과 핫팩을 꼭 챙긴다.

4. 보조 장비

등유 난로를 사용하는 경우 뜨거운 공기가 위쪽으로만 가기 때문에 공기 순환을 위해 서큘레이터나 타프 팬이 필요하다. 또한 거울철 난방기구 사용 시에는 반드시 일산화탄소 경보기를 설치해야 한다. 여러 개를 준비해 곳곳에 설치하는 것이 좋겠다.

진짜 필수 장비만 썼다. 더 적어보라면 한도 끝도 없다는 얘기다. 어떤 장비와 조합을 선택하더라도 동계에는 다른 때보다 더 철저히 준비하고 조심해야 한다고 말하고 싶다. 누누이 얘기하지만, 캠핑은 처음도 끝도 안전이다.

해돋이 캠핑은
이렇게

"아빠, 해 뜨는 거 보러 가기로 했잖아."

TV로 카운트다운을 보고 잠든 지 얼마 되지도 않았는데 아이가 설레발을 치며 나를 깨운다. 핸드폰을 켜니 새벽 다섯 시다. 무지하게 피곤하지만, 약속을 했으니 일어나야겠다. 그나저나 너는 언제부터 깨어 있었던 거니?

원래 계획대로라면 지금쯤 동쪽 바다 어느 해수욕장 근처에서 캠핑을 하고 있었겠지만, 최근 코로나 상황이 안 좋아지면서 해돋이 여행을 자제하라는 정부 지침에 따라 집콕 수행 중이다. 하지만 왠지 모르게 올해는 첫 일출을 꼭 보고 싶다.

아이를 차에 태우고 어디로 갈까 고민을 거듭했다. 일단 지대가 높고 탁 트인 곳으로 가야 하는데…… 그러다 언젠가 출근길에 용인-서울 고속도로를 지나다가 멋진 일출을 봤던 기억이 떠올랐다. 그래. 그쪽 동네로 가보자. 편의점에서 먹을거리를 챙겨 광교산 자락의 마을로 향했다. 언덕길을 따라 올라가니 작은 마을 입구에서 제법 괜찮은 일출 포인트를 찾았다. 이제 기다리면 된다. 문제는 아직 해가 뜨려면 두 시간이나 남았다는 점이다. 졸지에 이곳에서 차박을 하게 생겼다. 무시동 히터를 틀고 뒷자리 공간에 이불을 폈다. 아들아, 이대로 두 시간만 더 자자.

세상이 조금씩 밝아졌다. 일어나 밖으로 나왔다. 하지만 동쪽 하늘에는 진회색의 구름층이 두껍게 자리를 잡고 있었다. 결국, 떠오르는 해를 보진 못했다. 그래도 붉게 물든 하늘을 보며 아이와 손을 맞잡고 소원을 빌었다.

밥 잘 먹고 건강하게 해주세요.

하는 일도 잘 되게 해주세요.

기왕이면 돈도 많이 벌게 해주세요.

무엇보다 우리 가족 행복하게 해주세요.

그러는 사이 저 멀리 하늘색이 파랗게 변해간다. 따뜻한 차 안에서 간식을 까먹고 잠깐 머물다 다시 집으로 돌아왔다. 새벽 다섯 시에 시작해 호들갑스럽던 새해 첫 캠핑은 세 시간 만에 끝났다.

주차장에 차를 대놓고 나오는데 그제야 태양이 구름을 뚫고 모습을 드러내기 시작했다. 집에 올라가 보니 창문 사이로 눈부신 햇살이 들어왔다. 이럴 수가. 우리 집에서 훨씬 더 잘 보이잖아. 아들

새해 첫 캠핑에서 본 일출

아, 우리는 왜 새벽부터 일어나 일출을 본답시고 분주했던 거냐? 아이도 "그러게. 아빠, 우리 집이 더 잘 보여."라며 웃었다.

집에서도 잘 보이는 일출을 군이 밖에서 보고 싶었던 이유는, 1년의 시작이 조금 특별했으면 하는 바람 때문이다. 아주 오래전 정동진행 열차에 몸을 실었던 젊은 날의 기억처럼, 평소보다 일찍 일어나 맞이하는 한 해의 시작이 아이에게도 특별한 의미가 되었으면 하는 아빠의 시답잖은 욕심이겠지.

다섯 시부터 나를 깨우며 설레발을 치던 녀석에게도 오늘 아침은 어쨌거나 좋은 기억으로 남았을 테다. 일출을 보기 위해 졸린 눈을 비비고 일어나 차를 타고 올라갔던 언덕길, 그리고 일곱 살의 첫 번째 아침. 그거면 됐다.

3부

estd 2021

대환장 파티! 뒷목 땅기는
상황이 가끔은 축복이 되다

첫 캠핑의 추억

산 아래 계곡물은 맑다 못해 투명했다. 아이들은 해수욕장처럼 고운 모래 위에서 정신없이 뛰어놀고 있었다. 한 녀석은 제 몸집보다 큰 고무 튜브에 올라타 물장구를 치며 까르르 웃어댔다. 흑백사진처럼 머릿속을 스치는 장면들. 처음으로 캠핑을 했던 그날의 기억이다.

당시 아버지는 '엑셀'이라는 차를 몰고 다녔다. 지금의 아반떼보다도 작을 법한 차에 다섯 식구가 끼여 앉아 종종 여행을 떠났다. 모든 게 기억나진 않아도 몇몇 장면은 머릿속에 각인되어 마치 어제의 일처럼 선명하다.

그날 우리 가족은 불영사 계곡에 갔다. "여기가 어디야 아빠?"라고 묻던 막내아들에게 "경상북도 울진 불영계곡이야."라고 정확하게 답해주시던 아버지의 목소리가 아직도 귓가에 들린다. 머리가 크고 나서 지도를 찾아보니 우리 집에서 꽤 먼 곳이다. 도로 사정도 좋지 않았을 때니 아마도 아버지는 네 시간 이상 핸들을 잡으셨으리라.

그때의 기억은 많지 않다. 무엇을 먹었는지, 무엇을 했는지, 어떤 옷을 입었는지조차 까마득하게 잊었다. 모래사장이 있던 계곡의 풍경 말고는 아무것도 생각나지 않는다. 딱 한 가지만 빼고.

한여름이었음에도 산중의 밤은 차가웠다. 텐트의 한가운데에서 잠을 자던 내 몸이 갑자기 와들와들 떨려오기 시작했다. 텐트 사이로 찬바람이 들이쳤다. 반팔 반바지 차림에 얇은 이불 하나. 옆에 있던 형과 누나도 잔뜩 몸을 웅크린 채 추위에 떨고 있는 듯했다.

어머니, 아버지의 목소리가 들렸다.

"여보, 애들 추운가 봐요. 우리 이불 이것밖에 안 가지고 왔지요?"

"어. 큰일이네. 애들 덮을 것을 구해와야겠어."

아버지는 잠시 고민하더니 텐트 밖으로 나갔다. 얼마 지나지 않아 다시 돌아온 아버지의 손에는 무언가 들려 있었다. 실눈을 떴지만 어두워서 잘 보이지 않았다. 이내 바스락거리는 소리가 들렸다. 그리고는 삼 남매가 누워 있는 곳에 그것을 펴 덮어주셨다. 조금 매캐한 고무 냄새가 났지만 덮고 나니 무척이나 따뜻했다. 아니, 따뜻하다는 표현으로는 한참 부족하다. 30년 전, 잠결에 느꼈던 그 완벽한 따스함을 나는 지금도 잊지 않고 있다.

　다음 날 눈을 떠보니 아버지가 덮어주신 무언가는 자동차 덮개였다. 당시 자동차에는 천막 재질로 만든 덮개가 있었다. 지하 주차장이 없던 시절, 외부에 세워 둔 차량의 오염을 방지하기 위한 용도였을 것이다. 아버지는 와들와들 떠는 삼 남매를 보고 고육지책으로 그 덮개를 가져오셨고, 결과는 대성공이었다. 우리는 지금도 그날의 불영 계곡을 떠올리며 젊고 기운 센 아버지의 모습을 회상한다.

　그때 덮었던 자동차 덮개가 새것이었는지 나는 알지 못한다. 아니 알고 싶지 않다. 추위에 벌벌 떨며 고통을 받고 있던 그날 밤, 나를 구해준 슈퍼히어로가 우리 아버지였다는 것을 확실하게 기억하고 있으니까 말이다.

　인생의 첫 캠핑은 남극만큼 추웠고 엄마의 품속처럼 따뜻했다. 그리고 아버지는 멋있었다.

몽산포에 맛조개는 없다

"이번 주말에 맛조개 잡으러 갈래?"

몽산포해수욕장에 가자는 형의 제안을 냉큼 받아들였다. 아이들은 갯벌을 좋아한다. 드넓은 모래와 진흙은 훌륭한 놀잇감이다. 게다가 맛조개도 잡을 수 있다니! 언젠가 TV에서 봤던 장면을 떠올렸다. 작은 구멍에 소금을 뿌리면 쏙~ 하고 얼굴을 내미는 길쭉한 녀석. 재밌겠다! 아들아, 이번 주는 태안으로 떠나보자꾸나.

끄물거리는 날씨였지만 오히려 더 좋았다. (살이 덜 탄다.) 호미와 맛소금, 바구니 등등 맛조개를 잡기 위한 준비물을 챙기며 기대에 부풀었다. 그렇게 몽산포 해변에 도착했다.

아이들은 바닷가에 도착하자마자 장난감 삽을 들고 이곳저곳을 쑤셔댔다. 모래 놀이로 시작해 뒷걸음치는 바다를 따라가고, 진흙

탕에 몸을 담그며 깔깔거린다. 잘 노는 걸 보니 오길 잘했다.

어른들도 본격적으로 작업을 시작했다. 조개 구멍같이 생긴 곳에 맛소금을 뿌리고 기다렸다. 고백하건대 나는 어느 구멍이 맛조개의 것인지 모른다. 블로그와 유튜브를 아무리 돌려 봐도 그 구멍이 그 구멍이다. 소금을 암만 뿌려도 미동이 없는 걸 보니 이 구멍은 맛조개의 집이 아닌가 보다.

구멍을 찾고, 소금을 뿌리고, 기다리고…… 그렇게 한참 동안 몽산포 해변을 돌아다녔다. 맛조개를 엄청 많이 잡아서 저녁에 구워 먹겠다던 나의 기대는 시간이 지날수록 겸손해졌다. 해가 뉘엿뉘엿 그림자가 길어지니 마음이 조급하다. 이럴 수가. 한 마리도 못 잡다니! 아이한테 보여주기라도 하게 딱 하나만 잡혀줘. 이러면 내가 너무 비참하잖아!

드넓은 갯벌 한가운데에서 땅을 파며 주홍빛 석양을 바라보는 기분. 참으로 묘하다. '이게 아닌데'라는 생각과 동시에 땀과 진흙으로 버무려진 내 모습이 이제야 눈에 들어왔다.

에구 허리야…… 어깨도 팔도 아프다. 정신을 차리고 보니 온몸 구석구석이 쑤신다. 아, 배고파. 맛조개를 잡기는커녕 녀석의 대가리도 구경하지 못했지만, 이제는 포기하고 돌아가야 한다.

결국, 만선(滿船)의 꿈은 말 그대로 한여름 밤의 꿈이 되었다. 실패도 이런 실패가 없겠다고 생각하던 중 아이가 졸래졸래 오더니 물었다.

"아빠. 맛조개는?"

"어…… 그게 잘 안 잡히네. 아무래도 아빠가 좀 부족했나 봐."

"괜찮아. 큰엄마가 하나 잡았어."

"아. 그래?"

그렇다. 성인 4명이 출동해 몇 시간이나 용을 쓰던 맛조개잡이의 성과는 '딸랑 한 마리'였던 것이다!

텐트로 돌아와 부지런히 정리하고 저녁을 준비했다. 참나무 장작이 빨간빛으로 타들어가니 그릴 위에 놓인 목살과 소시지도 맛있게 익어간다. 그리고 오늘의 하이라이트! 맛조개 하나를 조심스레 올렸다. 금덩어리보다도 귀한 이 녀석이 부글부글 끓어오른다. 3등분을 해 아이들 입에 하나씩 넣어주었다.

"맛있어요!"

"그게 얼마짜린데! 당연히 맛있어야지!"

모두가 웃을 수밖에 없었다. 그 작은 맛조개 하나를 잡으려고 얼마나 많은 시간과 노력을 쏟아부었던가. 지금의 상황이 너무나 감격스럽다. 돈 주고도 살 수 없는 값진 보상. 우리의 노력이 헛되지 않도록 나타나 준 맛조개가 그렇게 고마울 수 없었다. 맛조개님! 정말 감사합니다!

몇 시간의 시도와 실패가 있었기 때문에 이 작은 맛조개 하나를 먹을 수 있었던 것처럼, 우리는 살아가면서 많은 목표를 달성하기 위해 시간과 에너지를 투입한다. 그리고 그것을 노력이라고 부른다. 이런 노력의 양과 질에 따라 결과가 달라지기도 하지만, 그렇다고 해서 반드시 비례하는 것은 아니다. 노력만으로 다 되는 것도 아니다.

하지만 어떤 상황에서도 변하지 않는 사실이 있다. 노력하지 않으면 아무것도 얻지 못한다는 말이다. 맛조개를 잡기 위해 온 난리를 피웠지만, 그 노력마저 없었다면 맛조개는 시장에서나 구경했을지도 모른다. 아무것도 하지 않으면 아무 일도 일어나지 않는다는 평범한 진리. 사랑하는 이 아이들도 언젠가는 알게 될 것이다.

어찌 되었든 몽산포 해변에는 맛조개가 없다. 물론, 이건 내 생각이다.

"무얼 먹어도 맛있는 캠핑장에서의 식사,
캠핑 음식의 퀄리티를 한층 더 높여주는 양념통 세트"

제부도
가는 길

　일요일 새벽 5시 30분, 졸린 눈을 비비고 일어나 출근하는 아내를 지하철역까지 태워다주고 왔다. 아내는 가끔 주말에 회사를 나가는데, 이런 날이면 아들 녀석과 단둘이 하루를 보내야 한다. 혼자서 삼시 세끼 차려주고 놀아주고 붙어 있는 게 쉬운 일은 아니지만, 지금 아니면 볼 수 없는 예쁜 모습을 담아두려 나름대로 최선을 다하고 있다.

　"아빠, 심심해."

　하지만 이런 아비의 노력과는 별개로, 아이의 입에서는 심심하다는 말이 끊이질 않는다. 코로나가 다시 기승이라 집에만 있었더니 더 그런 것 같다. 안 되겠다 싶어 모래 놀이도 할 겸 바다에 다녀오기로 했다. 그동안 대부도에는 자주 갔으니, 오늘은 거기서 조금 더 떨어진 제부도에 다녀와야겠다.

아시다시피 제부도는 썰물 때만 육지와 연결되는 특별한 섬이다. 통상 하루에 두 번 정도 통행이 가능하다. 검색해보니 오늘은 12시 39분부터라고 한다. 아주 오래전 기억에 의하면, 바닷길이 열리는 시점에 맞추면 도로 양쪽으로 바닷물이 찰랑거리는 진풍경을 볼 수 있다. 오늘은 그 장면을 아이에게 보여주리라.

아침을 먹이고 서둘러 준비를 시작했다. 모래 놀이 도구, 캠핑 의자, 간단한 짐을 꾸려 차에 올랐다. 카시트에 아이를 태우고 내비게이션을 찍어보니 도착 예정 시간은 12시다. 이 정도면 괜찮겠다 싶었다. 일요일이라 그런지 차량 정체도 없어 좋다.

정오가 조금 안 된 시각, 제부도를 얼마 남겨두지 않은 곳에서부터 차량 정체가 시작됐다. 이건 정체가 아니라 그냥 주차 수준이다. 제부도 방향으로 수많은 차가 끝도 없이 줄을 서 있다. 나 같은 사람들이 정말 많다고 생각하며 하염없이 기다리기 시작했다.

"아빠, 바다 언제 나와?"

시간이 길어지자 아이가 지겨워한다. 벌써 30분 넘게 도로에 갇혀 있다. 어떤 아저씨는 아예 차에서 내려 스트레칭을 하며 지루함을 달랜다. 이제 물때가 된 것 같은데 차들은 도무지 움직일 생각을 하지 않는다. 그냥 천천히 나올 걸 그랬나. 돌이키기엔 이미 늦었다.

그제야 홈페이지 하단에 있던 안내문을 읽을 수 있었다. 물길이 열리지 않으면 어차피 제부도에 들어가질 못하니, 일찍 도착하는 건 아무런 의미가 없다. 제아무리 앞쪽에 줄을 서봤자 할 수 있는 건 기다리는 일뿐이다. 빨리 들어가고 싶다고 아무리 외쳐봤자 제부도의 바다는 입도를 허락하지 않는다.

드디어 때가 되었다. 12시 40분이 지나자 앞에서부터 서서히 차들이 진행하기 시작했다. 잔뜩 밀려버린 줄을 통과하느라 시간이 좀 걸렸지만, 다행히 썰물이 많이 진행되지 않아 도로 양쪽에 바닷물이 찰랑거리는 풍경을 아이에게 보여줄 수 있었다. 녀석도 처음 보는 풍경이 신기한지 연신 좌우로 고개를 흔들었다.

거리 두기를 한다고 인적 드문 모래사장에 진을 치고 짧지만 알차게 놀았다. 갯벌에 들어가지 않겠다던 아이는 언제 그랬냐는 듯 바지를 걷어붙이고 아빠 손을 이끌었다. 꽃게와 고둥을 잡다 보니 오후가 빠르게 지나간다. 진흙이 튀는 바람에 옷은 좀 더러워졌지만, 아이가 즐거워하니 그걸로 됐다.

집으로 돌아가는 길, 녀석은 차에 오르자마자 피곤한 듯 잠이 들었다. 문득 섬에 들어오기 전 도로 위에서 하염없이 기다리던 일이 생각났다. 그러네. 어차피 물때가 되어야 길이 열릴 텐데 왜 우리는 40분이나 일찍 왔을까? 바다에 잠긴 도로는 물이 빠질 때까지 모습을 드러내지 않는다. 때가 되어야 갈 수 있다는 것. 제아무리 일찍 감치 와서 기다린다고 길은 열리지 않는다.

우리의 인생도 비슷하지 않을까 생각했다. 적당한 말이 생각나지 않지만, 분명한 것은 우리 삶에도 '때'가 있다는 점이다. 아무리 노력해도 일이 잘 안 풀릴 때도, 반대로 별것도 안 했는데 술술 잘 풀리는 때도 있다. 나의 의지와 노력과는 관계없이 많은 일이 벌어지기도 한다.

밀물과 썰물에 따라 바닷길이 닫히고 열리듯 우리 삶에도 굴곡이 있고 맞는 때가 있다. 나는 마치 열리지도 않은 바닷길을 앞에 두고 조급해하던 사람처럼 살았던 것 같다. 힘들었던 지난날을 돌아보니 그렇다. 생각대로 되지 않는 일을 불평하고, 마음대로 움직여주지 않는 사람을 비난하고, 계획대로 이루어지지 않는 현실을 탓했다. 그저 때가 맞지 않았기 때문일 수도 있는데. 한없이 어렸던 그때의 내가 이렇게 생각할 수 있었다면 어땠을까.

내가 어찌할 수 없는 것들 앞에서는 여유를 가져야 한다. 하는 일이 마음대로 되지 않더라도 아직 때가 아닌가 봐, 하며 묵묵히 다음을 기다릴 수 있다면 어떨까. 조금씩 노력하면서. 때가 되면 열리는 제부도 바닷길처럼, 부족한 내 인생의 바닷길도 언젠가 활짝 열리길 기원한다.

캠린이's Story

제부도를 비롯한 서해에 방문할 경우 미리 물때를 확인하길 권한다. 특히 갯벌 체험을 계획하고 있다면 간조 시간을 고려해 여행

일정을 잡는 것이 좋다. 호미, 장화, 바구니를 다 준비해 갔는데 물이 잔뜩 들어와 있다면 꽤 허탈할 테니까. 개인적으로 갯벌에 들어갈 때는 평소에 안 신는 양말 두 개를 겹쳐 신길 권한다. 장화보다 움직임이 좋다.

물때를 확인하려면 바다타임(www.badatime.com) 사이트에 접속하면 된다. 주요 바다(해수욕장)의 물때가 잘 나와 있으니 참고하길 바란다. 제부도 통행시간표는 화성시청 홈페이지(www.hscity.go.kr)에서 확인할 수 있다. 물길이 닫히기 직전에 들어갔다가 중간에 차가 고장이라도 나면 큰일 날 수 있으니 여유 있게 출발하길 바란다.

준비가
즐겁다면
이미 성공이다

아내의 생일이 코앞으로 다가왔다. 뭘 해줘야 잘했다고 소문이 날까 고민하다가 좋은 생각이 떠올랐다. 맞벌이에 육아로 지친 아내를 위해 자유로운 주말을 선물해주는 거다. 아내는 집에 두고, 금요일 저녁부터 아이만 데리고 2박 3일 일정으로 캠핑을 떠날 요량이다.

"여보. 금요일에 퇴근하면 애 데리고 떠날 테니까 당신은 친구들도 만나고 하고 싶은 거 마음대로 하면서 보내. 알았지?"

마치 대단한 선물이라도 주는 양 아내에게 의기양양하게 말했다. 다행히 아내도 좋아하는 눈치다. 물론 내가 좋아서 가는 것도 있지만, 분명 아내에게도 휴식은 필요하니까.

서둘러 준비를 시작했다. 아내 없이 아이와 둘만 떠나는 캠핑은 생각보다 쉽지 않다. 일단 아이와 한시도 떨어질 수 없다. 화장실에 갈 때도, 잠깐 편의점에 가더라도 같이 움직여야 한다. 그러니 최대한 간편하게 짐을 꾸리는 게 좋다.

가만있어보자. 일단 차에서 자려면 매트랑 침낭이 있어야 하고. 바닷가에 타프를 쳐야 하나? 아, 귀찮은데…… 얘는 도움도 안 될 텐데. 어쩌지? 이것저것 주워 담으면서 아이와 함께 보낼 시간을 상상하며 시뮬레이션을 돌려본다. 빠트린 게 없는지 따져보고, 준비물을 하나씩 꺼내 테이블 위에 올려놓았다.

"오빠, 기분 되게 좋아 보인다?"

부산스럽게 움직이던 나를 보더니, 아내가 말했다.

"아이고, 좋긴 뭐가 좋니? 밖에서 고생할 생각 하니까 벌써 땀이 난다."

"거짓말하지 마. 지금 굉장히 설레 보이는데? 여행 갈 생각에 신이 났구먼?"

"아니거든!"

아내의 말에 피식 웃으며 돌아섰다. 하지만 이내 느낄 수 있었다. 짐을 챙기면서 내가 꽤 즐거워하고 있었다는 것을. 아니라고 대답하면서도, 나의 본심은 여행의 기대감에 들떠 있었나 보다.

아이와 단둘이 떠나는 이번 캠핑처럼, 막상 떠나면 고생길이라는 걸 알고 있다. 좁은 차 안에서 잠을 청해야 하고, 제대로 씻지도 못해 부스스한 꼴로 갯벌을 누빌 것이다. 밥을 하기도 힘드니 편의점

스텔스 차박 중인 아들

라면과 컵밥으로 끼니를 때워야 한다. '여행(travel)'의 어원이 '고생(travail)'이라는 말은 괜히 있는 게 아니다.

하지만 어떤 여행이든 그것을 앞두고 기다리는 기분은 참으로 설레고 좋다. 평소 일상과는 다른 곳에서, 다른 경험을 할 수 있다는 기대감이 나를 들뜨게 만드는 것일까. 실제 여행지에서 무슨 일을 겪는지와는 무관하게, 여행을 계획하고 준비하면서 우리는 분명 행복을 느낀다.

아직 떠나지 않았기에 내일부터 어떤 일이 벌어질지는 아무도 모르지만, 아이와의 여행을 준비하며 느꼈던 기분 좋은 설렘은 내게 과정의 중요성을 다시 한번 일깨워주었다. 여행을 떠나고 돌아오는 과정뿐만 아니라, 여행을 계획하고 준비하는 일도 참으로 소중하다는 것도.

　많은 일이 그렇다. 좋은 결과를 얻기 위해 준비하고 노력하지만, 그 순간이 항상 즐겁지만은 않다. 때로는 힘들고, 괴롭고, 귀찮을 때도 있다. 그럴 때마다 이렇게 생각해보면 어떨까. 나는 지금 여행을 가기 위한 짐을 꾸리는 중이라고. 그리고 준비물을 챙기고 있는 지금 역시 인생 여정의 한 부분이라고.

　빡빡하게 준비물 리스트를 만들고 하나하나 챙기는 모습이 아내의 눈에는 즐겁게 보였던 것처럼 하루하루 아등바등 사는 내 모습도 어쩌면 누군가에게는 행복한 모습으로 비칠 것이다. 즐겁다고 생각할 수 있다면, 어려운 과정도 그저 여행 준비처럼 설레는 일이 될지 모른다.

싫은 소리 듣는 게 죽도록 싫다

심각한 병에 걸렸다. 타인에게 싫은 소리를 들었을 때 심장이 두 근거리는 증상이다. 가슴이 쿵쾅쿵쾅 뛰면서 정신이 혼미해진다. 마음속에서는 '어떻게 해야 하지?'를 외쳐대며 이리저리 머리를 굴려댄다. 정말 뭔가 큰일이라도 난 것 같다.

사실 별일 아니다. 그 싫은 소리라는 게 그렇다. 내가 미워서 하는 소리가 아닐 수도 있다. (물론 그렇지 않을 수도 있겠지만) 내가 잘못 알고 있던 사실을 바로잡아주는 경우도 있고, 좋지 못한 습관에 대한 충고일 수도 있다. 아니면 업무상 실수가 생겼을 때 겪는 그저 그런 질책성 멘트일지도.

그런데 도대체 왜 이렇게 된 걸까. 요즘 들어 더 심해졌다. 나는 정말 싫은 소리 듣는 게 너무너무 싫다. 어젯밤에 겪은 사건의 전말은 이랬다.

......

캠핑용 자충 매트를 안 쓰게 되어 중고 카페에 올렸다. 이 제품은 몇 달 전에 6만 5천 원을 주고 구매했다. 그런데 다른 사람들이 올려놓은 같은 제품의 시세를 보니 대부분 7만 원으로 되어 있었다. 뭐지? 그새 가격이 올랐나? 하면서 인터넷 최저가를 보니 판매가격이 8만 8천 원이다. '아하. 인기 제품이라서 가격이 올랐구나. 그럼 나는 오히려 돈을 벌겠네?' 생각하며 다른 사람과 똑같이 7만 원으로 가격을 책정했다.

글을 올리자마자 구매하겠다는 사람들에게 연락이 왔다. 부피가 큰 관계로 택배 배송이 어렵다고 메시지를 작성하고 있는데, 카페 게시글에 이렇게 댓글이 달렸다.

"저기요. 태클은 아닌데 지금 올리신 물건 고XX 캠핑에서 6만 5천 원에 팔아요. 시세 정보는 정확해야 한다고 봅니다."

순간 머리가 멍해졌다. 아아. 제품 가격이 오른 게 아니고 인터넷 가격이 다른 거였구나. 그것도 모르고 중고물품을 비싸게 내놓다니. 사람들이 이 댓글을 본다면 나를 정말 나쁜 놈으로 생각하겠지? 어떡하지. 나는 절대 그런 의도가 아니었다고! 아, 짜증 나!

갑자기 화가 치밀어 올랐다. 생각해보니 웃기네. 뭐 이런 사람이다 있어. 지가 뭔데. 그냥 넘어가도 될 일 아닌가? 본인이 살 것도 아니면서 웬 참견이야. 프로불편러 같으니라고. 댓글 하나에 기분이 상했다. 판매 글을 지우고 홧김에 카페까지 탈퇴해버렸다.

쿵쾅쿵쾅. 심장이 두근거린다. 이런 기분 정말 싫다.

침대에 누워 한참을 생각했다. 그의 댓글이 내게 상처가 되긴 했지만, 사실 그리 심한 내용은 아니었다. 잘못된 정보를 바로잡아주려는 선한 의도였을 수도 있겠지. 그런데 나는 그가 나를 공격한다고만 생각했다. 휴, 어쩌다 이렇게 속 좁은 사람이 되었을까.

타인에게 싫은 소리를 듣는 게 죽도록 싫다. 바꿔 말하면 모든 사람에게 사랑받고, 인정받고 싶다는 뜻이 된다. 완벽하지도 못한 사람이, 완벽한 사람이 한번 되어보겠다고 욕심을 부렸으니 마음이 힘들 수밖에. 한없이 부족하기만 했던 나의 모습을 돌아보니 부끄럽기 그지없다.

조금 더 나아가 내가 구매했던 것보다 비싸게 판매 가격을 책정하면서 잠시간 작은 욕심에 취해 있었음을 고백한다. 만약 내가 스스로 떳떳했더라면 지금보다 덜 부끄럽지 않았을까. 그의 댓글에 신경질적으로 반응할 필요도 없었을 텐데 말이다.

그래. 싫은 소리를 죽도록 듣기 싫어했던 이유가 어쩌면 나 자신에게 부끄러워서일지도 모르겠다. 창피함과 두려움을 숨기기 위해 더욱더 방어적이고 감정적으로 대처했다. 그것이 잘못된 방법인지도 모른 채.

다시 카페에 가입했다. (얘 왜 이러는 거니⋯⋯) 매트는 구매 가격보다 낮은 가격으로 다시 올렸다. 그보다 비싸게 팔아도 팔리겠지만, 내 마음이 편치 않을 것 같다. 나에게 직설적으로 조언해준 이름 모를 캠퍼에게 이제야 감사하다는 말을 전하고 싶다. 덕분에 나 자신을 돌아볼 수 있게 되었다는 말과 함께.

싫은 소리. 그깟 거 좀 들으면 어때. 나만 떳떳하면 돼. 잘못이라면 사과하고 바로잡으면 된다. 그런 게 아니라면 듣고 흘려버려도 괜찮다. 다행히 글을 쓰면서 어제의 심장병이 많이 치유되었다.

괜찮다. 괜찮다. 모두에게 사랑받지 않아도 괜찮다.

기사 양반,
어찌 그럴 수
있소?

까맣게 잊고 있었던 기억이 떠올랐다. 마흔이 되어 본격적으로 캠핑을 시작하기 전에도 분명 몇 번은 다녀왔던 일이 있다. 너무 오랜 시간이 지나버려 흐릿한 추억으로 남아 있지만, 그날의 기억은 지금 생각해도 참으로 황당하기 그지없다.

이십 하고도 사 년 전, 열여덟의 고등학생 다섯 명은 아침 일찍부터 설레발을 쳤다. 오늘은 우리끼리 여행가는 날. 목적지는 여름 바다의 성지 경포대 해수욕장이다. 바다가 없는 곳에서 나고 자란 철부지들은 두근대는 심장을 진정시키려고 애를 썼다. 부모님도 없으니 신나게 놀아보자! 자유를 만끽하며 일탈 아닌 일탈을 꿈꿨다. 술도 한번 마셔볼 테다. 혹시 누가 알아? 쿨의 노랫말처럼 예쁘장한 해변의 여인을 만날 수도 있잖아. 저마다 부푼 기대를 안고 열차에 올랐다.

　제천에서 열차를 갈아타고도 몇 시간을 더 달렸다. 느려터진 기차가 야속하게 느껴질 즈음 강릉역에 도착했다. 텐트를 비롯한 각종 캠핑용품, 라면 봉지와 대형 튜브를 들고 기차에서 내린 모습은 누가 봐도 바다에 처음 놀러 온 촌뜨기였지만, 우리는 그것도 모른 채 열심히 도도한 척을 해댔다.

　"여기가 강릉이야? 뭐 별거 없네."

　"아무튼 도착했으니 빨리 바다로 가자."

　"근데 바다가 어디 쪽이냐?"

　역 앞에서 갈피를 못 잡고 있는 우리 쪽으로 험상궂은 얼굴의 아저씨가 다가왔다. 덩치에 한번, 인상에 한번 쫄았다.

　"너희들 어디 가냐?"

　"경포대 해수욕장 가는데요."

　"너네 여기 처음 왔지? 이 자식들아. 경포대는 여기서 걸어가면 두 시간도 더 걸려. 일로 따라와."

　알고 보니 택시기사였던 아저씨를 따라 차에 짐을 싣고 구겨 앉았다. 그나저나 이 아저씨 참 고맙네. 아무것도 모르고 걸어갔으면 큰일 날 뻔했잖아? 어리바리 그 자체였던 우리는 그때까지만 해도 철석같이 믿고 있었다. 사실 절반 정도는 아저씨의 인상에 겁에 질린 채 택시에 실린 셈이지만.

　가는 도중 망보는 미어캣처럼 창밖을 살폈지만, 바다는 좀처럼 나오지 않았다. 뭔가 이상하다는 걸 느꼈으나 아저씨가 무서워 아무도 말을 못 했다. 그렇게 한참을 달렸다. 몇십 분쯤 지나고 드디어 바다가 보였다. 와! 바다다! 환호할 틈도 없이 아저씨는 핸들을 꺾어 작은 소나무 숲 사이로 들어갔다.

"내려. 다 왔어."

"네. 알겠습니다."

"돈 줘야지. 만 원."

택시비가 꽤 비쌌지만(돌아갈 때 이용한 택시 요금은 5천 원이었다), 일언반구도 없이 주섬주섬 짐을 챙겼다. 차에서 내려 주변을 살폈다. 이상하다. 뉴스에서 보던 경포대 해수욕장은 사람이 바글바글한 곳이었는데, 이곳은 아주 한산함 그 자체다. 작은 매점 하나와 텐트 세 동. 대충 둘러봐도 사람이라고는 열댓 명도 채 안 되어 보였다.

"아저씨. 여기 경포대 해수욕장 맞아요?"

"맞아. 이놈들아. 잘 놀다 가라. 그럼 난 간다."

아저씨는 무시무시한 얼굴로 우리를 향해 씩 웃더니 차를 몰고 사라졌다. 그렇게 우리는 인적 드문 이름 모를 해변에 남겨졌다. '덩그러니'라는 말이 새삼 와닿았다. 나는 누구? 여긴 어디? 잠깐. 여기가 경포대 해수욕장이라고? 이상한데. 왜 이렇게 사람이 없어?

의심이 현실이 되기까지 얼마 걸리지 않았다. 야영장으로 들어가는 입구에 걸린 현수막에 쓰인 커다란 글씨가 우리를 열렬히 환영

해주었기 때문이다.

(환) 순포해변에 오신 것을 환영합니다! (영)

그렇다. 아저씨는 우리를 경포대 해수욕장이 아닌 순포해변에 떨어뜨려놓고 가버린 것이다! 황당함과 당황함의 경계 어디쯤에서 우리는 멍하니 서 있었다. 하하. 그때의 기분을 어떻게 표현해야 할지……. 택시 아저씨의 속임수 덕분에 한여름 밤의 일탈은 우리만의 일탈로 끝났다. 늦은 시각 술에 취한 친구 놈이 이대로 잠들 수 없다며 경포대까지 가보자고 해 한참을 걸었지만, 30분을 걸어도 경포대는 나오지 않았다. (10분만 더 걸었으면 경포대가 나왔을 텐데.) 우리는 잔뜩 땀을 쏟으며 다시 순포해변으로 돌아와 지지고 볶고 싸우고 소리를 지르다 잠이 들었다.

......

나는 다시 순포해변에 와 있다. 소나무 중간쯤 설치되어 있던 농구 골대도, 튜브를 빌려주던 매점 할머니도, 파도를 즐기던 연인도 이제는 없다. 하얀 모래사장에 앉아 "이번 여행은 망했어!"를 외치던 꼬맹이는 어느새 자신과 꼭 닮은 아이 손을 잡고 바다를 걷는다.

"감성에 젖은 날,
작은 호롱불 하나만으로
마음의 상처가 치유되기도 합니다"

잠깐. 이곳이 이렇게 아름다운 곳이었나. 한적한 해변과 소나무 숲, 사람의 소리보다 큰 파도 소리가 눈과 귀를 가득 채운다. 너무 좋다. 사람 마음은 갈대 같다더니. 나도 그새 많이 변했나 보다.

내 차는
4년 만에
똥값이 되었다

(카니발로 차를 바꾸기 전)

아이와 함께 주말마다 캠핑을 다니는 요즘, 다시금 병에 걸렸다. 잊어왔던 그 병의 이름은 장비병이다. 그동안 열심히 캠핑 장비를 사 모았기에 이제는 개미지옥에서 빠져나왔다고 믿었다. 하지만 그게 아니었다. 게다가 이번에는 제법 심각하다. 큰(Big) 차를 사고 싶다는 생각이 스멀스멀 올라왔기 때문이다. 금액의 단위가 다르다. 위험하다.

'카니발 정도 되는 큰 차를 사서 차박을 하면 정말 좋을 텐데.'

나도 모르는 사이에 이성(理性)은 뒷전으로 밀려났다. 욕망에 심취해 차박 카페를 기웃거리는 내 모습을 발견했다. 열심히 검색하고 인터넷에 올라온 후기도 꼼꼼하게 살펴보기도 했지만, 역시 문제는 돈이다. 카니발의 신차 가격은 4천만 원 수준. 연식이 짧은 중고차는 최소 2천만 원 정도 줘야 데려올 수 있다. 비싸긴 한데…… 지금 가지고 있는 차를 중고로 팔고 조금 더 보태면 가능하지 않을까? 일단 내 차의 견적을 먼저 받아 봐야겠다.

4년도 안 된 차의 시세가 떨어지면 얼마나 떨어졌을까 싶었다. 중고차 앱을 다운받아 세차 후 찍어두었던 사진도 올렸다. 그렇게 몇 군데에 견적을 요청했다. 몇 시간 후, 회신이 왔다. 아주 충격적이었던 메시지도 함께.

"귀하의 차량에 1위로 입찰하신 분의 가격은 1,110만 원입니다."

이럴 수가. 고작 저 가격이란 말인가. 신차의 절반에도 한참 못 미치는 가격이다. 아무리 그래도 천오백 정도는 될 줄 알았는데……. 아무리 감가상각이 심한 자동차라지만 상태가 얼마나 좋은데. 내가 얼마나 열심히 관리했는데…… 사람들은 이렇게 좋은 차의 가치를 모르는구나. 슬프다 슬퍼. 덕분에 큰 차는 다음으로 미루게 됐다. 그럴 수밖에 없었다. 저 가격으로는 절대 팔 수 없다고 마음 깊숙한 곳에서 강한 거부감이 몰려왔기 때문이다.

'쳇. 내 차는 정말 좋은 차야. 사람들이 생각하는 것 이상의 가치가 있어. 그러니까 안 팔아. 그냥 내가 열심히 타고 다닐 거야.'

퇴근 후 집에 도착했다. 시동을 끄고 차에서 내려 주차된 녀석을 바라보았다. 출퇴근을 함께 해준 고마운 자동차를 향해 조용히 말을 건넸다.

"미안해. 세상은 너의 가치를 몰라주지만 나는 너를 알아. 너는 정말 괜찮은 녀석이거든."

'너도 그래.'

마치 녀석이 내게 말을 건넨 듯했다. 남들이 내 차를 보듯 나 역시 같은 마음으로 나를 바라보고 있다는 걸 알았다. 내가 가진 것은 그토록 소중하게 여기면서 왜 '나 자신'은 귀하다고 생각하지 못했을까. 팔지 못한 중고차처럼, 나는 과연 스스로에 대한 가치를 얼마나 높게 평가하고 있을까.

중고차 딜러들이 내 차 가격을 아무리 낮게 책정해도, 나에게는 그 이상의 가치가 있다. 누가 뭐래도 이 차는 좋은 차다. 다른 사람들은 몰라도 나는 그걸 알고 있다.

나라는 존재 역시 그렇다. 사람들은 알 수 없다. 밖으로 드러나는 단편적인 모습들로 나를 평가하겠지만, 그들은 진정한 나의 가치를 알 수 없다. 그 반대도 마찬가지다. 나 또한 타인을 알 수 없다. 그러니까 우리는 서로의 시선에서 조금은 자유로워져도 되지 않을까.

중고차 시세가 완전히 떨어져 속상했지만, 그 덕분에 나를 아껴야겠다는 다짐을 하게 됐다. 주변의 시선에 흔들리고 타인과 비교하고 자신을 깎아내리는 일은 이제 그만해야겠다고. 나의 가치는 내가 알고 있으니 그것만으로도 충분하다고. 내 차는 참 좋은 차라는 차부심(車負心)뿐만 아니라 나는 참 좋은 사람이라는 자부심(自負心)도 가져보면 어떨까.

다른 사람들은 몰라도 돼. 나는 썩 괜찮은 사람이니까!

        ……

　나는 몇 주를 더 고민한 끝에 구형 카니발을 데리고 와 열심히
차박 캠핑을 하고 있다.

썰물과
석양이 겹칠 때

나는 제부도를 좋아한다. 집에서 비교적 가까운 곳이기도 하고 썰물 때만 열리는 바닷길을 따라 들어가야 한다는 점도 흥미롭다. 그래서 나는 대학생 시절부터 제부도로 자주 여행을 갔다. 이제는 나름 익숙해진 걸까. 제부도에 가면 마치 옆 동네에 놀러 온 듯 편안해진다.

제부도의 '제부'는 아이를 업고 노인을 부축해 바다를 건너는 섬 사람들의 모습을 제약부경(濟弱扶傾: 약한 제후들을 붙들고 기우는 나라를 일으켜 세웠다는 제 환공의 고사)에 비유한 것에서 유래되었다고 한다. 섬 이름 자체가 이곳의 특성을 고스란히 담고 있는 셈이다. 예전 이곳 주민들은 생계를 위해 썰물 때 갈라지는 2km 남짓한 갯벌을 걸어 다녔다는데, 발이 푹푹 빠지는 갯벌을 지나 육지를 왕래

하던 이들의 모습이 상상이 잘 안 된다.

제부도에 들어가 왼쪽으로 핸들을 틀어 남쪽으로 조금만 내려가면 뾰족 튀어나온 바위가 보인다. 제부도의 명소 중 하나인 매바위다. 매의 부리처럼 날카롭다고 해서 붙인 이름이다. 밀물 때는 섬처럼 솟아 있다 바닷물이 빠지면 바위까지 길이 생긴다. 그동안 여러번 이곳에 왔었지만, 오늘처럼 석양이 끝내주던 날 썰물 시간이 겹치긴 처음이다. 덕분에 일몰을 보며 매바위까지 걸어갔다 올 수 있었다. 적갈색의 뾰족한 바위틈 사이로 떨어지는 태양을 보니 마치 내가 우주 한가운데에 와 있는 것만 같다. 아름답기 그지없는 자연의 선물을 감상하며 연신 카메라 셔터를 눌렀다. 막 찍어도 작품이다. 너무 예쁘다.

......

사실 오늘 제부도에 들어와 이 장면을 보기까지 많은 일이 있었다. 일단 주차장에 들어오기까지 도로 한복판에서 한 시간을 기다렸다. 사람이 너무 많아서 차 한 대가 나가야 다음 차가 들어갈 수 있었다. 간신히 주차를 하고 캠핑 왜건에 짐을 잔뜩 실어 해변까지 끌고 가다가 보도블록 턱에 걸렸다. 왜건이 크게 기우뚱하더니 실려 있던 짐이 쏟아져 도로 위를 나뒹굴었다. 그나마 차가 없었으니 망정이지 큰일 날 뻔했다. 마음에 잔뜩 스크래치가 났다. 근데 이

풍경 하나로 모든 걸 보상받은 느낌이다.

그래. 살다 보면 그럴 수도 있는 거지. 다시 기분이 좋아졌다. 변덕쟁이 아재라 욕해도 어쩔 수 없다. 기분이 좋아진 건 사실이니까. 멋진 풍광을 등에 업고 사랑하는 가족과 함께 보내는 지금의 시간은 참으로 소중하다. 해변에 쳐놓은 텐트에 돌아와 끓여 먹는 라면 한 그릇에도 충만한 행복을 느낄 수 있다는 게 감사한 오늘, 나오길 정말 잘했다.

사는 게 그렇다. 늘 만족스러울 수는 없다. 어느 작가의 말처럼 삶이란 망망대해에 덩그러니 떠 있는 돛단배와 같다. 어디로 가야 하는지도 모르겠는데 흘러가다 보니 온갖 위험과 어려움이 계속해서 생겨난다. 힘들고, 괴롭고, 아프다. 인생은 결코 내가 원하는 모양으로 만들어지지 않는다.

그렇다고 좋은 걸 놓칠 필요는 없다. 좋아하는 것'만' 하면서 살 수는 없을지라도, 우리는 반드시 좋아하는 것'도' 하면서 살아야 한다. 그리고 내가 좋아하는 사람, 일, 장면, 풍경 등을 만났을 때 최선을 다해 기억하고, 기록하고, 마음에 담아두는 것이다. 좋아하는 것들을 찾아내 힘을 받으며 마음껏 즐기는 일은 어두운 바다 한복판에서 반짝이는 등대를 발견하는 것과 같을 테니까.

요즘 나는 좋아하는 것들을 찾아 적고, 찍고, 기록하는 중이다. 캠핑은 분명히 이 중 하나다. 동시에 정신 건강에 해로운 것들은 의도적으로 차단하고 있다. 그래서 그런 걸까? 예전보다 사는 게 조금 즐겁다. 진작 이렇게 살 걸 그랬나 보다.

아들의 제부도 인생샷

차가
기울어졌으면
차를 맞춰라

차를 바꾸고 나서 본격적으로 차박을 다니려고 했건만, 곧바로 장마가 시작됐다. 올해만큼 비가 많이 내린 적이 있었나 싶을 정도로 장마는 길었고, 우리 집은 고온다습했다. 끊임없이 내리는 비 덕분에 제대로 된 캠핑을 떠나지 못했다. 근처 바닷가 휴게소에서 '스텔스 차박'을 한두 번 한 게 전부다.

스텔스(stealth)는 본래 군사 용어다. 적군의 레이더망에 포착되지 않는 은폐 기술을 말한다. 그러니까 스텔스 차박이란, 누가 보더라도 차박하는 차인지 그냥 주차된 차인지 모를 정도로 '티가 안 나는' 차박을 말한다. 어느 곳이든 무료 주차장만 있다면 오케이다.

차박 캠핑이든 스텔스든 어쨌든 차 안에서 잠을 자려면 평탄화와 매트는 필수다. 이번에 산 중고 카니발은 기본적으로 평탄화가 되어 있기에 매트만 깔면 되는 줄 알았지만, 몇 번 차박을 해보니 불편한 점이 발견됐다.

이 차는 바닥이 앞쪽으로 살짝 기울어져 있다. 평평하긴 한데 트렁크 쪽이 높고 운전석 쪽으로 갈수록 조금씩 낮아진다. 크게 불편한 건 아니지만 자다 보면 내 몸이 조금씩 내려가니 조금 불편하다. 이걸 어떻게 해야 하지?

매트 앞쪽으로 아래에 돗자리를 덧대봤지만 시원치가 않았다. 아주 완만한 경사라 중간에 뭘 집어넣으면 울퉁불퉁해진다. 두꺼운 에어 매트를 깔더라도 기울기가 개선될 것 같지가 않다. 거꾸로도 누워봤으나 머리 쪽으로 피가 쏠려 더더욱 불편하다. 그럼 대체 어떻게 하란 말인가? 어쩔 수 없이 집단지성의 힘을 빌리기로 했다.

차박 카페에 들어가 다른 차박러들의 노하우를 살폈다. 나무로 침상을 짜서 넣은 사람도, 의자 위에 에어 매트를 올린 사람도 있었다. 따라 하기에는 손과 비용이 내 스타일과 안 맞다. 한참을 찾아보던 중에 기막힌 방법을 발견했다.

차체 바닥이 앞쪽으로 기울어져 있다면 앞바퀴에 고임목 같은 것을 놓고 그 위로 올라가면 수평을 맞출 수 있다는 것이다. 그래! 차가 기울어져 있으니까 차체를 맞추면 되는 거잖아. 왜 이런 생각을 못 했지? 이 회원님 천재로다.

좀 더 알아보니 자동차용품 중에는 차체의 수평을 맞추기 위해 고안된 '레벨러'라는 물건이 있단다. 바퀴 아래에 놓고 레벨러를 밟고 올라가면 된다. 계단식 모양, 블록식 등 형태도 다양하다. 생각보다 비용이 저렴하진 않았지만, 이것만큼 확실하게 수평을 맞출 방법이 없을 것 같다는 생각에 주문 버튼을 눌렀다. 레벨러가 도착하면 평평하고 안락한 차 안에서 꿀잠을 잘 테다.

······

돌이켜 생각하니 그렇다. 산다는 것은 내 앞에 직면한 수많은 문제를 해결하는 과정이다. 우리 인생은 언제나 크고 작은 어려움과 불편을 경험하고, 적응하고, 해결하는 방식으로 발전한다.

그러나 우리는 어떤 힘든 상황이 닥쳐왔을 때 문제의 원인을 제때 발견하지 못하는 경우가 많다. 그래서 시간과 에너지를 낭비하기도 한다. 수많은 정책과 법안들이 의도된 효과를 이루지 못하고 있는 것도 원인을 제대로 파악하지 못하고 있기 때문이다. 요즘의 부동산 정책처럼. (캠핑 책이니까 말을 아끼겠다.)

잠자리가 불편했던 원인은 차체 바닥이 기울어져 있던 탓이기에, 그 문제의 가장 효과적인 해결책은 레벨러를 밟아 차의 기울기를 조정하는 방법이다. 오만 가지 방법을 다 써봤지만, 근본적인 해결책이 되지 못했던 이유는 문제의 원인을 직시하지 못했기 때문이다. 원인을 똑바로 바라볼 수 있다면 의외로 쉽게 문제를 해결할 수도 있다는 걸 알게 됐다.

삶의 어디에서든 문제와 갈등, 어려움이 생겨나기 마련이다. 물론, 인생은 자동차 수평을 맞추는 것처럼 간단하지 않다. 한번 잘 해결했다 치더라도 또 다른 문제가 기다리고 있다. 하지만 우리는 그럼에도 불구하고 가장 확실하고 효과적인 방법으로 삶을 살아가야 한다. 문제의 원인을 똑바로 바라보아야 하는 이유다. 내가 힘들었던 시간을 보냈던 이유도 분명 어딘가에 있을 것이다.

어떤 문제가 있다면 변죽만 울리지 말고 원인을 찾아 곧바로 해결하려고 노력해볼 것. 모두 다 성공하진 못하더라도 방향을 잘 잡고 꾸준히 해보는 거다.

원효대사
해골물

9월. 무더위가 끝나고 조금씩 선선해지는 지금은 더할 나위 없이 캠핑하기 좋은 계절이다. 여름휴가를 미뤄놓은 이유도 여기에 있다. 장마에다 폭염까지 그동안 제대로 된 캠핑을 만끽하지 못했으니, 이번에는 좋은 곳에서 충분히 즐기다 돌아오리라.

대부분의 국립공원 야영장 사이트는 마사토로 조성된 이른바 '흙바닥'이지만, 최근에 리모델링을 마친 월악산 송계야영장은 자갈로 되어 있다. 작년에는 용하야영장을 주야장천으로 다녔는데, 올해는 이곳으로 정했다. 사이트 바로 앞에 주차할 수 있고 캠핑장 근처에 아이와 뛰어놀 수 있는 잔디 구장이 있다. 평일이라 한산해서 더 좋다.

주말마다 돌아다니는 우리 덕분에 처형 가족도 조금씩 캠핑에

월악산 뷰의 송계야영장

발을 들이고 있다. 둘보단 셋이 나은 것처럼, 함께하는 사람이 있으면 캠핑도 즐겁다. 나 역시 술친구가 늘어나 좋을 수밖에. 어쨌든 오늘은 두 가족 캠핑이다.

송계에 도착해 부지런히 세팅하는데 맙소사, 화로대를 놓고 왔다. 아아, 제일 중요한 걸 빼놓고 오다니. 인근 슈퍼에 문의해봤지만 구할 수가 없었다. 잔뜩 사 온 목살 바비큐는 꿈도 못 꾸게 됐다. 불멍도 못하게 생겼다. 하는 수 없이 프라이팬에 구워 먹긴 했지만, 자꾸만 화로대 생각이 올라와 마음이 안 좋았다. 아쉬운 마음 반 짜증 반으로 술을 들이부었다. 나의 술친구인 동서 형님도 그간 힘든 일이 있었는지 연신 잔을 부딪치며 술을 들이켰다. 그렇게 우리는 서서히 취해갔다.

어떻게 잠들었는지도 모를 새벽. 목구멍이 바싹바싹 마르는 느낌에 잠에서 깼다. 아 머리 아파. 너무 많이 먹었다. 물, 물이 어디 있지? 휴대폰 조명을 켜고 물을 찾았다. 다행히 바로 옆에 있다. 텐트에 들어오기 전에 물 한 병씩 들고 들어가라고 외치던 아내의 모습이 어렴풋이 기억난다. 이럴 줄 알고 그런 거야? 센스쟁이 같으니라고. 생명수를 만난 듯 아내가 던져준 물 한 병을 벌컥벌컥 마시고 다시 그대로 곯아떨어졌다.

다음 날 아침, 지끈거리는 머리를 부여잡고 일어났다. 숙취가 좀 있었지만, 다음 일정이 있어 부지런히 정리를 시작했다. 웬일로 일찍 일어난 아내가 텐트 밖으로 나오자마자 유난스럽게 뭘 찾는다.

"여보. 여기에 있던 작은 페트병 못 봤어?"

아내의 물음에 못 봤다고 대답을 하니 의아한 듯 말했다.

"이상하다. 그거 우리 애 오줌통인데⋯⋯. 어젯밤에 쉬야한다고 해서 페트병에다 하고 분명히 이쪽 바닥에 놔뒀거든. 근데 어디 갔지?"

"그래? 누가 치웠나 보지 뭐."

그때 다른 텐트가 부스럭거리며 처형과 동서 형님이 나왔다. 아내가 둘에게 똑같이 물었다. 모르겠다는 표정의 처형과 달리 동서 형님은 무언가를 골똘히 생각하는 듯했다.

"내가 어젯밤에 목이 말라서 나왔다가 물을 마시긴 했는데⋯⋯ 설마 아니겠지?"

순간 정적이 흘렀다.

"⋯⋯."

"설마 형님이 마신 건가?" (나)

"미쳤어. 미쳤어. 술이 떡이 돼서 조카 오줌을 마시냐!" (처형)

"웩~." (아내)

"나 아니야. 여기 테이블 위에 똑같은 페트병 많잖아." (형님)

"술 취해서 물인지도 모르고 마신 거 아니야?" (처형)

"물맛이 이상하진 않았어요, 형부?" (아내)

연신 아니야, 아니야를 외치던 형님은 처형의 등짝 스매싱을 맞으며 지난밤의 퍼즐 조각을 맞추려고 했지만, 이미 기억의 필름은

요단강을 건넌 지 오래였다. 물증은 없고 심증만 있으니 누가 그 페트병을 치웠는지(먹었는지) 확실치는 않지만, 그날 형님은 해골물을 마신 원효대사를 자처하며 아이들에게 역사 교육을 설파했다. 가만, 내가 먹은 건 물이 맞겠지? 다시 텐트에 들어가 물병을 확인하고 나서 놀란 가슴을 쓸어내렸다. 참으로 다행이다. 해골물이 아니어서.

캠핑장에서 과음하지 맙시다!

'술 없이 무슨 캠핑이야?'라고 말할 정도로, 캠핑지에는 여기저기 술을 마시는 사람들로 가득하다. 잠을 잘 수 있는 공간이 지척에 있다는 이유도 있지만, 사실 맑은 공기와 자연의 소리가 어우러진 곳에서 마시는 술의 맛은 평소의 것과는 차원이 다르기 때문이다. 나 역시 술을 좋아하는 사람으로서 캠핑장에 도착하면 시원하게 맥주캔을 따며 텐트를 치기도 한다.

하지만 언제나 과유불급이다. 특히 술은 그렇다. 캠핑지에서 일어나는 사건, 사고는 술 때문에 일어나는 경우가 대부분이다. 에티켓은커녕 고성을 지르며 피해를 주고, 시비가 붙어 싸우는 일도 생긴다. 원효대사가 되어 해골물을 마시는 것도 특이하긴 하지만 술 때문이다. 캠핑장에서 먹는 술이 아무리 맛있어도 선을 넘지 않길. 독자 여러분, 그리고 나 자신에게 보내는 당부 메시지다.

산에서
멧돼지를 만났다

새해가 밝았건만 달라진 건 별로 없다. 우리는 여전히 코로나의 늪에서 허덕이고 있고 친구는커녕 가족도 제대로 만나지 못하는 뉴노멀의 시대가 계속되고 있다. 그래도 해가 바뀌었으니 부모님 얼굴이라도 뵙고 와야 하는데, 5인 이상은 모이지 말라는 정부 지침에 따라 아이만 데리고 고향길에 올랐다.

그새 많이 늙으셨다. 칠십 중반을 넘긴 아버지는 새벽에도 여러 번 화장실에 다녀가시는 듯했고 어머니 얼굴에는 잔주름이 깊어졌다. 상황이 상황이니만큼 고향에 계신 부모님을 보러 가는 것도 마음이 편치 않았지만, 좋아하시는 부모님 얼굴을 보니 내려오길 잘했다는 생각이 들었다. 집 밖으로는 나가지도 않았고, 모임 인원 역시 4인이었으니 너무 나쁘게는 보지 말아주시길. (이렇게까지 해야 하는 현실이 너무 슬프다.)

다시 돌아오는 길, 이대로 집으로 가기엔 아쉬운 마음이 들었다. 아이를 데리고 조용히 다녀올 데가 어디 없을까 생각하다가 여름에 방문하려다가 못 갔던 '수룡폭포'가 떠올랐다. 북충주 IC 인근이라 가는 길에 들리면 되고, 아이도 폭포를 보면 좋아하겠다 싶어 내비게이션에 목적지를 입력했다.

한적한 시골길에서 만난 겨울의 모습이 왜인지 모르게 쓸쓸하다. 냇물은 절반쯤 얼어붙어 있었고, 햇빛이 비치지 않는 곳에는 얼마 전 내렸던 눈이 그대로 쌓여 있었다. 핸들을 돌려 수룡폭포 주차장에 도착했다. 여기서부터 계곡을 따라 700m 정도 산길을 걸어가면 아기자기하지만 예쁜 폭포가 나온다. 뽀드득뽀드득 눈길을 밟으며 아이의 손을 잡고 천천히 걸었다.

부스럭부스럭……

갑자기 소리가 들렸다. 겨울바람이 나무를 때리는 소리라고 하기엔 조금 컸다. 가만히 서서 주위를 살폈다. 그런데 웬걸, 계곡 건너편에서 고라니 한 마리가 천천히 걸어가고 있다.

"와! 고라니다!"

아이를 재촉하며 손짓을 했다. 녀석도 신기한 듯 고라니를 부르며 신이 난 듯했다. 그런데 그때!

저쪽 산 중턱에서 뭔가 움직이는 게 느껴졌다. 눈의 초점을 다시금 맞추었을 때, 흠칫 놀라지 않을 수 없었다. 고라니와는 비교가 안 될 정도로 육중한 몸에 짧은 다리를 가진 동물이 오와 열을 맞추어 폭포 방향으로 걸어가고 있었기 때문이다. 얼핏 보기에도 대여섯 마리는 될 법했다. 그들이 멧돼지 가족이라는 것을 알아차리는 데는 그다지 오랜 시간이 걸리지 않았다.

잠깐만, 멧돼지라니. 이건 위험하잖아! 게다가 지금 이곳엔 아이와 나 둘뿐이다. 우리와 저들의 진행 방향도 같다. 아직 멧돼지는 우리의 존재를 인지하지 못한 듯하다. 여기에서 더 앞으로 가면 안 되겠다는 생각이 직감적으로 떠올랐다. 아이에게 조용히 말했다.

"아들, 저기 보이지? 저건 고라니가 아니라 멧돼지야. 엄청 위험하니까 우린 얼른 도망쳐야 해. 하나, 둘, 셋 하면 다시 돌아서 차 있는 데로 뛰는 거야 알았지? 하나, 둘, 셋!"

아이를 놓칠세라 손을 꼭 잡고 걸음이 나를 살릴 때까지 뛰었다. 멧돼지가 쫓아오는지 어쨌는지 생각할 겨를도 없었다. 주차장에 도착해 한숨을 쓸어내렸다.

"휴, 우리 정말 큰일 날 뻔했다. 그치?"

아이도 흥분을 감추지 못했다.

"아빠! 멧돼지한테 잡혔으면 우리 죽었겠다!"

"죽을 것까지는 아니고…… 아무튼 진짜 다행이다. 폭포 안 봐도 괜찮지?"

"당연하지! 안 봐도 돼! 얼른 집에 가자!"

짜식, 너도 안전제일주의구나? 그래. 그게 최고야. 아빠의 성향을 빼다 박았다고 생각하니 입가에 미소가 지어진다. 어쨌든, 우리, 무사해서 정말 다행이야.

폭포를 못 본 아이를 위해 마을 어귀에 차를 세우고 얼어붙은 냇물로 내려갔다. 아이는 얼음 위에서 신나게 춤을 추다 미끄러지더니 재미있다며 시시덕거린다. 큰 돌을 번쩍 들어 얼음이 깨지나 던져도 보고, 얼음 아래로 유유히 헤엄치는 물고기를 보며 즐거워하는 모습을 보니 살아 돌아오길 잘했다는 생각이 든다. 목숨의 소중함을 알게 되어서일까. 여느 때와는 다른 듯 아이의 모습에 생기가 넘친다. 나도 정말 그렇다.

캠린이's Story

집에 돌아와 검색해보니 산에서 멧돼지를 만났을 때는 갑자기 뛰거나 소리를 지르면 안 된다고 한다. 오히려 멧돼지를 자극해 공격을 당할 수 있다. 직접 마주쳤을 때는 침착하게 움직이지 않는 상태에서 멧돼지의 눈을 똑바로 바라보고, 멧돼지를 보고 놀라거나 달아나려고 등을 보이는 등 겁먹은 모습을 보여서는 안 된다. 멧돼지가 인지하지 못한 상태라면 신속하게 안전한 곳으로 대피한다. 멧돼지는 위험한 동물이다. 발견했다면 절대 접근하지 말라. 행여나 멧돼지가 달려들면 나무나 바위 등에 몸을 숨겨야 한다.

대부분의 캠핑장은 산이나 물가에 자리 잡고 있기에 야생동물을 만나기 쉽다. 특히 먹다 남은 음식물을 그대로 두고 잠들 경우 굶주린 야생동물의 표적이 될 수 있다. 말끔하게 설거지까지는 못하더라도, 남은 음식을 밀봉하거나 아이스박스에 넣어두고 잠드는 게 좋다.

캠핑장에서 멧돼지를 만났다는 얘기를 들어보진 못했지만, 다람쥐나 청설모 같은 작은 동물과도 접촉하지 않는 것이 중요하다. 물리거나 할퀴게 되면 바이러스에 감염될 우려가 있기 때문. 귀여운 동물은 그냥 눈으로 감상하면 좋겠다. 정식 캠핑장은 방역이 잘 되어 있지만, 노지에서는 뱀을 비롯해 위험한 동물을 만날 수도 있으니 늘 조심하고 주의를 기울여야 한다.

좋은 게
좋은 거 아닌가

여기까지 읽으신 독자라면 어느 정도 눈치를 챘겠지만, 나는 충주 인근으로 캠핑을 자주 간다. 특히 아이와 단둘이 캠핑을 갈 때 특별한 목적지가 없으면 월악산 국립공원 야영장이나 목계솔밭 캠핑장으로 떠난다. 서울에서 한 시간 반 정도 가면 되는 비교적 가까운 거리이기도 하지만, 무엇보다 충주는 내가 나고 자란 고향이기 때문이다. 어린 시절부터 돌아다니던 곳을 성인이 되어 다시 찾았을 때 느껴지는 묘한 감정도 좋고 여차하면 부모님이 계신 곳으로 피신할 수 있다는 장점도 있다.

하지만 무엇보다 좋은 게 있으니, 그것은 바로 충주에 사는 친구들을 초대할 수 있다는 점이다. 시내에서 캠핑장까지 제법 거리가 있지만 몇몇 친구들은 흔쾌히 차를 끌고 나와 밤을 보내기도 하고,

여의치 않을 때는 대리운전을 이용해 집으로 돌아가기도 한다. 오늘은 초등학교(사실은 국민학교) 동창생인 친구 녀석이 캠핑장까지 와주었고, 오랜만에 만난 우리는 신나게 술잔을 부딪치며 동심의 세계로 빠져들었다.

아빠가 친구를 초대하면 아이는 무얼 하느냐. 일단 저녁 전까지는 할 일이 많다. 아빠를 도와 사이트를 구축하고 이것저것 심부름을 한다. 집을 다 지었으면 캠핑장 마당에서 킥보드를 타거나 인근 운동장에서 축구와 원반던지기를 하고 논다. 텐트로 돌아와 (기특하게도) 책을 읽거나 학습 패드로 공부할 때도 있다. 그러다 저녁 시간이 되면 '아기다리 고기다리'던 마법의 기기 '스마트폰'을 손에 넣는다.

아빠는 오랜 친구를 만나 술잔을 부딪치며 즐겁고, 아이는 유튜브와 마인크래프트에 푹 빠져 즐겁다. 그리고 보니 육아에서 벗어나 자유를 만끽하고 있을 아내 역시 즐겁다. 그렇다. 캠핑으로 인해 우리 가족 구성원 모두가 즐겁게 시간을 보낼 수 있게 되었으니 이보다 더 바람직한 일이 어디에 있으랴. 조금 이상한 기분이 들지만 괜찮다. 좋은 게 좋은 거다. 그렇다고 오해는 마시라. 매번 이렇게 친구를 불러서 놀지는 않으니까.

......

충주호

충주호에서 아이와

아이와 단둘이 떠나는 캠핑 여행도 충분히 매력적이다. 물론 아이가 어리다면 혼자 둘 수 없기 때문에 스케줄에 제약이 생길 수밖에 없다. 그래서 나는 일반 캠핑장보다는 아이와 함께 무언가를 보거나 즐길 수 있는 거리를 찾아 떠나는 편이다. 바다에 가서 갯벌 체험을 한다든지, 출렁다리를 건너본다든지, 이도 저도 아니면 별이라도 보러 떠나는 거다. 내가 좋아서 가는 캠핑, 함께하는 아이에게도 새로운 경험을 안겨줄 수 있다면 금상첨화일 테니까.

아이도 아빠와 여행가는 걸 좋아한다. (아직은……) 군말 없이 따라올 때 많이 데리고 다니라는 선배님들의 말을 잘 실천하고 있다. 녀석에게도 많은 추억이 쌓여 있길. 시간이 흐른 뒤에도 아이에게 어렵기만 한 꼰대 아버지로 남지 않길. 부족하기만 한 아빠의 욕심이다.

나는 좋은 부모인가? 자신 있게 답할 수 없다면 아이만 데리고 여행을 떠나보자. 꼭 캠핑이 아니어도 괜찮다. 어떤 방식이든 아이들에게는 특별한 시간이 될 테니까. 배우자에게 온전한 휴식은 덤이다. 그래. 이렇게만 된다면 정말 좋은 게 좋다는 말이 맞다.

4부

estd 2021

나는 돌아오기
위해 떠난다

캠핑 모임에서
만난
사람들

　인터넷을 뒤적거리다가 캠핑 관련 글을 발견했다. 광교에 있는 책방에서 캠핑 모임을 개최한다는 내용이다. 책방에서 캠핑 얘기라…… 내가 좋아하는 두 개의 키워드를 보며 혹시 이건 나를 위한 모임이 아닐까 생각했다. 캠핑 이야기를 하며 여러 가지 팁을 배울 수도 있겠다는 생각에 참여 신청을 했다. 사실 캠핑은 입으로 배우는 게 반이다.

　책방에 도착했다. 신도시 상가에 있는 작은 책방이지만, 인테리어에서 풍기는 분위기가 참으로 아늑했다. 오늘 모임은 나를 포함해 다섯 명이다. 초면의 어색함을 견뎌내고 본격적으로 캠핑 수다를 시작했다.

　간단히 자기소개를 하던 중 놀라운 사실을 알게 되었다. 이 자리에 있는 사람 중 캠핑을 다니는 사람은 나와 책방 사장님뿐이었다. 다른 분들은 캠핑 경험 자체가 없었다. 많이 당황했다. 나는 캠핑을 배우러 왔는데…… 이거 어떻게 해야 하지? 게다가 책방 사장님도 '가끔' 캠핑을 가신다고 하니 이 중에서는 내가 제일 많이 돌아다니는 사람인가? 근데 내가 이분들에게 캠핑 이야기를 해줄 깜냥이나 되나? 내가 뭐라고. 캠린이 주제에.

초보 캠퍼의 삽질 이야기 따위가 그들에게 도움이 될 것이라고는 생각하지 못했다. 하지만 그것은 기우였다. 캠핑을 한 번도 경험해보지 못한 분들이기에 나의 이야기가 신기하게 느껴졌나 보다. 캠핑장비, 음식, 어리바리했던 모습들과 눈물 없이 듣지 못할 실패담들을 이야기하다 보니 시간이 훌쩍 지났다. 사실 내 입으로 얘기해놓고도 '아, 내가 이런 얘기를 해도 될 정도로 전문가는 아닌데…….' 하며 민망해했다. 결론적으로 배우러 갔다가 말만 하다 왔지만, 사람들의 궁금증을 풀어주는 재미도 쏠쏠했다.

그때 퍼뜩 생각이 스쳐 지나갔다. 캠핑에 관심이 있지만 어디서부터 시작할지 모르는 분들에게 어쩌면 나의 이야기가 도움이 되지 않을까? 이제 막 캠핑에 발을 들이는 이들에게는 고수들의 화려한 스킬보다 나 같은 초보의 실패담이 오히려 필요할지도 모른다. 그들에게 괜찮은 길잡이가 될 수도 있으니까.

모임을 마치고 나오면서 생각했다. 지난 1년간 캠핑을 하면서 느꼈던 이야기들을 글로 적어봐야겠다고. 그리고 그 다짐은 지금 이

책의 원고가 되어 있다.

우연 그 자체였던 초보 캠퍼들과의 만남. 내 생각과는 전혀 다르게 진행되었던 캠핑 수다 테이블. 그리고 용기를 내 시작했던 캠핑 관련 글쓰기까지. 나조차도 이렇게 흘러갈 줄은 전혀 예상하지 못했다.

......

살다 보면 알게 된다. 세상은 내 의도대로 흘러가는 것보다 그렇지 않은 게 훨씬 더 많다는 것을. 무엇인가를 이루어내고 싶어 열심히 살아가지만, 예상치 못한 어려움에 부딪혀 수없이 좌절하고 실패한다.

하지만 매번 그런 일들만 생기는 건 아니다. 전혀 예상하지 못한 곳에서 좋은 일이 일어난다. 나에게 도움을 주는 사람이 갑자기 나타날 수도 있고, 우연한 기회에 사업이 잘될 수도 있다. 하다못해 출근길 신호등이 끊임없이 초록불인 날도 생긴다. 우리는 이런 일들을 '행운'이라고 부른다.

하지만 사람들은 '성공과 행운'보다 '실패와 불행'에 관심이 더 많다. 인간의 생존 본능이 그렇다. 그러다 보니 내 눈앞을 스쳐 지나가는 수많은 행운을 놓친다. 조금만 노력해도 내 옆에 붙어 있는 행운을 충분히 발견할 수 있을 텐데. 이렇게만 할 수 있다면 인생을

"줄이 잘 보이지 않는 어두운 캠핑장의 밤,
어제오늘 잠시나마 이웃이 된 서로를 위한 배려, 스트링가드"

훨씬 더 행복하게 살 수 있을 텐데.

의도하지 않았던 좋은 결과. 그저 캠핑이 좋아 참석했던 모임은 분명 행운이었다. 이 행운을 받아 다른 사람에게 더 좋은 행운이 생길 수 있도록 노력해야겠다. 늘 감사하며, 일상 곳곳에 숨어 있는 행운을 발견하기를. 마치 보물찾기를 하듯 말이다.

인생 뭐
있어?

아이는 별을 좋아한다. 어릴 때부터 태양계에 관심을 가지더니 요즘은 별의 크기를 비교하는 유튜브 영상을 즐겨 본다. "아빠, 우주에서 제일 큰 별이 뭔지 알아? 'UY SCUTI'라는 별인데 태양보다도 훨씬 크대. 엄청나지?"라며 아빠를 가르쳐주기도.

덕분에 나도 공부 좀 했다. 태양은 지구보다 반지름만 해도 100배 이상 크다. 하지만 영상에서 본 거대항성에 비한다면 태양도 작은 점에 지나지 않는다. 태양이 축구공이라면 에베레스트산 정도 된다나? 태양이 이런데 하물며 지구는 정말 보이지도 않겠다. 날아다니는 먼지만도 못한 크기겠지.

어쨌든 이렇게 별을 좋아하는 아이를 위해 이번 주말에는 별을 보러 가기로 했다. 장소는 강원도 영월에 있는 별마로천문대. 코로나19로 인해 천문대는 휴관이지만, 해발 800m 정상에서 쏟아지는 별을 맨눈으로 감상할 수 있다니 이보다 더 좋은 곳이 없겠다. (다만 이곳은 야영은 따로 안 되고 주차장에서 스텔스 차박을 해야 한다……)

두 시간 반을 달렸다. 구불구불한 산길을 지나 천문대 주차장에 도착했다. 오늘은 언택트 차박이라 아무것도 하지 않고 조용히 별만 보고 갈 셈이다. 아이의 손을 잡고 밖으로 나왔다. 천문대 옆 계단으로 올라가면 패러글라이딩을 하는 활공장이 나오는데, 이곳 풍경이 정말 예술이다. 별천지가 따로 있을까 싶을 정도로 하늘은 수많은 별이 찍어놓은 점들로 가득 차 있었다. 산 아래쪽으로는 영월의 밤 풍경이 또 다른 별천지를 만들어낸다. 40년을 살면서 오늘처럼 쏟아지는 별은 처음이다. 아이와 그대로 드러누워 하늘과 달과 별 아래에서 꿈같은 시간을 보냈다.

차에서 꿀잠을 잤다. 조금씩 동이 트고 있었다. 일출을 보기로 약속을 했기에 잠든 아이를 흔들어 깨웠다. 태양이 불쑥 떠오르는 모습을 보고 싶었는지 잠투정도 없이 일어났다. 어젯밤에 별을 감상했던 활공장에서 전혀 기대하지 않았던 아주 멋진 풍경을 마주했다.

발밑으로 구름이 가득하다. 산 아래로 형성된 거대한 운무(雲霧)가 영월 시내를 뒤덮고 있었다. 우와…… 입에서 감탄사만 나온다. 아이는 누가 구름 매트를 깔아 놓은 것 같다며 펄쩍펄쩍 뛰었다. 어느새 태양의 붉은빛이 구름 매트 위에 쏟아진다. 정말 장관이다.

말로 형용할 수 없는 자연의 위대함을 눈에 담는데, 왜 갑자기 이런 생각이 들었을까.

......

"인생 뭐 있어?"

그동안 나는 이 말을 좋아하지 않았다. 이른바 욜로(YOLO) 병에 걸린 사람들이 즐겨 하는 말로 생각했었다. 흥청망청 소비하고, 당장의 재미와 안락에 취해 미래를 준비하지 못했던 나 또한 숱하게 그런 삶을 살아왔기 때문이다. 자기반성이 만들어낸 또 하나의 편견이었다.

하지만 자연의 위대함 앞에서 나는 다시 쪼그라들 수밖에 없었다. 아아. 내가 잘못 생각했구나. 그래. 인생 뭐 있겠나. 우주의 먼지만도 못한 이 보잘것없는 존재가 얼마나 중요하다고. 쓸데없이 완벽주의에 빠져 작은 실수에도 걱정하며 불안해한다거나, 이미 지나간 일에 매달려 앞을 보지 못하고 노심초사하던 나는 대체 무엇을 겁내고 있었을까.

제아무리 발버둥 쳐도 나는 아주 작은 존재다. 그러니까 너무 스스로 부담을 지우며 살 필요는 없다. 지나간 일, 작은 실수에 너무 연연할 필요도 없다. 그럴 시간에 내 옆에 있는 소중한 사람들에게 한 번 더 웃어주고 사랑을 베풀도록 노력해야겠다. 이렇게 살다 보면 지금보다 더 행복해질 수 있을지도.

별마로천문대에서 바라본 영월 시내

인터넷 카페 50개를 정리했다

요즘 나의 관심사는 온통 캠핑이다. 그중에서도 차박 캠핑에 푹 빠져 있다. 하루에도 몇 번씩 인터넷 카페에 들어가 동태를 살피고, 사람들과 소통하며 금요일 퇴근 시간을 기다린다.

오늘도 어김없이 차박 카페에 들어가기 위해 인터넷 창을 열었다. 늘 보던 화면이지만 웬일인지 아래쪽에 내가 가입한 카페 목록이 눈에 들어왔다.

'그러고 보니 다른 카페에는 거의 들어가질 않는구나.'

천천히 스크롤을 내렸다. 공부하려고 가입했던 공인중개사와 노무사 수험생 카페. 새로운 취미활동을 해볼까 싶어 가입했던 기타 (guitar)와 농구 클럽. 그 외에도 인테리어, 부동산, 지역 친목, 자동차 등등 종류도 가지가지다. '더 보기' 버튼을 몇 번이나 누른 후에야 카페 목록이 끝났다. 또박또박 세어보니 무려 72개다.

다양한 분야에서 활동하는 사람이구나 생각하지 않으셔도 된다. 사실 나는 대부분의 카페에서 유령회원이다. 가입만 해놓고 한 번도 방문하지 않거나 가입 인사만 달랑 올려놓고 눈팅만 하던 곳이 태반이다. 내가 흥미를 갖고 활발하게 활동하는 곳은 서너 곳을 넘지 않았다.

난잡한 카페 목록을 보니 내 마음도 뒤죽박죽 엉켜버리는 기분. 안 되겠다. 활동하지 않는 카페를 정리해야겠다. 하나하나 들어가 탈퇴 버튼을 눌렀다. 내가 언제 이런 카페에 가입했었지? 들어올 때 마음과 나갈 때 마음이 이렇게 다르다.

빠른 속도로 탈퇴 버튼을 누르다 공인중개사 카페에서 잠시 멈췄다. 어떤 식으로든 도움이 될 텐데, 나중에라도 도전하지 않을까? 굳이 탈퇴까지 할 필요가 있을까? 아니야. 지금까지 제대로 공부하지도 않았잖아. 그만두자.

기타 카페에 가입하던 때가 떠올랐다. 어느 모임에서 통기타를 치며 노래 부르던 사람이 참 멋져 보였다. 그 사람처럼 기타를 잘 치고 싶다는 막연한 마음에 기타를 구입하고 이 카페에 가입했다. 하지만 그게 끝이었다.

이것 말고도 참 많은 것들에 관심을 가졌다. 처음에는 새로운 분야에 도전하고 싶었던 마음이 컸다. 하지만 대부분 중간에 포기했다. 나의 수많은 초심은 말 그대로 초심으로 끝났다.

그래도 시간만 허비한 건 아니었다. 성장하는 사람이 되겠다고 다짐했던 지난 5년 동안 마음먹었던 몇 가지의 목표를 이뤄냈다. 금연 관련 라이선스를 취득했고, 꾸준히 글을 써 책을 출간했다. 여러 분야에 관심을 가지고 도전을 시작했지만, 지나고 보니 내가 중도에 포기하지 않는 것에는 공통점이 있었다.

즐거웠다. 수월했다는 뜻이 아니다. 중간중간 포기할까 몇 번이나 고민했다. 하지만 힘듦을 과정으로 받아들이고 좋은 마음으로 버텨냈다. 그때는 잘 몰랐는데 지나 보니 그렇다. 결과와는 별개로 목표를 위해 조금씩 노력했던 시간이 하나같이 즐거운 기억으로 남아 있다. 꾸준히 해온 일들은 좋아 보이는 '희망 사항'이 아니라 내가 좋아했던 '목표'였다. 이제 알겠다. 기타를 잘 치고 싶다는 건 희망 사항이었을 뿐 목표가 아니었다.

이제는 좋아 보이는 것보다 좋아하는 일에 집중해야겠다는 생각이 간절하다. 결과와 관계없이 과정이 즐거운, 꾸준히 행복할 수 있는 분야를 찾아 나의 시간을 투자하고 싶다면 지나친 욕심일까.

살아남은 카페 목록을 보며 살짝 웃었다. 자연스럽게 선택과 집중이 될 수 있겠다고 생각했기 때문이다. 남들에게 좋아 보이는 것보다 내가 좋아하는 것에 최선을 다해보자. 문어발식으로 이곳저곳 기웃거리지 말고 목표를 정해보자. 그리고 꾸준하고 성실하게 깊은 곳까지 파고 들어가보는 거다. 매일 쓰는 이 글도 그중 하나가 되었으면 한다.

별 보는
연습

평창에 와 있다. 퇴근하자마자 아이에게 은하수를 보여주겠다며 무작정 출발했는데, 어린이집에서 실컷 뛰어놀았는지 차에 탄 지 한 시간도 안 되어 아이가 잠들어버렸다. 원래는 청옥산 육백마지기 정상까지 올라가려다 시간도 많이 늦었고 해서 산 아래 바위공원 캠핑장에 자리를 잡았다.

이부자리를 펴고 아이를 눕혔다. 녀석이 잠들면 나는 혼자가 된다. 의자와 테이블을 펴고 편의점에서 산 맥주와 오징어를 꺼냈다. 나만의 시간을 보내는 특별한 방법은 없다. 책을 봐도 좋고, 스마트폰에 빠져 하염없이 멍을 때려도 좋다. 그저 마음 가는 대로 하면 된다.

문득 고개를 들고 하늘을 바라보았다. 태풍이 지나간 뒤라 구름이 바쁘게 움직이는 것만 빼곤 대체로 맑은 날씨다. 구름 사이로 보이는 밤하늘은 검다 못해 마치 시커먼 빛을 뿜어내고 있는 것 같다. 조용히 의자에 기대어 하늘을 주시했다. 얼마 지나지 않아 그 속에서 반짝거리는 별들이 하나둘씩 눈에 들어온다.

암순응이라고 했던가. 아주 오래전 운전면허 시험을 볼 때 배웠던 말이 떠올랐다. 도로를 달리다 터널에 진입할 때는 속도를 줄이는 게 좋다. 터널의 어두움에 적응하는 데까지 시간이 걸리기 때문이다. 마찬가지로 밤하늘을 쳐다본다고 해서 곧바로 별이 보이지는 않는다. 지상의 불빛이 밝을수록 우리 눈이 밤하늘에 적응하는 시간이 필요하다. 그 과정이 지나면 별은 점점 밝게 빛나며 마음을 채운다. 반짝이는 별의 모습을 보기 위해서는 약간의 여유와 노력이 필요하다.

사람 사는 세상도 마찬가지가 아닐까 하는 생각이 들었다. 별이든 사람이든 똑같다. 반짝이는 모습을 보려면 시간과 노력이 필요하다. 고개를 들어 일정 시간 하늘을 바라보아야 선명하게 별을 볼 수 있는 것처럼, 사람들이 빛나는 모습은 애정을 갖고 끊임없이 좋은 모습을 보려고 노력하는 자에게만 보인다.

나는 부족한 사람이었다. 좋은 마음으로 타인을 바라보지 못했다. 남이 잘되는 모습을 보면서 시샘과 질투를 감추지 못했고, 한번 싫어진 사람에게는 눈길도 주지 않았던 속 좁은 사람이었다. 세상에 치이고, 사람에 치일수록 점점 더 부정적으로 살아왔다. 나를 둘러싼 사람들 모두가 나의 적(敵)인 것만 같았다. 어쩌다가 이렇게 되었을까. 별을 보면서 이런 생각을 하게 될 줄 몰랐다. 벌어지지도 않은 일을 걱정하고, 스스로 만든 불안 속에 갇혀 허우적대고 있던 이유는 내 안에 있었다. 세상을 어둡게만 보고 있었기 때문이다.

시커먼 하늘에 앉아 빛을 뿜어내는 별들을 눈에 담으며 생각했다. 이제는 그러지 말아야겠다고. 구본형 선생이 말했다. 나는 어둠을 품은 밝음이라고. 그뿐만 아니라 내가 보내는 하루, 만나는 사람들, 그리고 세상도 모두 별이다. 잘 보이지 않지만, 모두 각자의 빛을 내고 있다. 보려고 하지 않았기에 보이지 않았을 뿐. 이제는 내가 먼저 그 빛을 발견하도록 노력해보자. 어쩌면 지금보다 훨씬 더 즐겁게 살 수 있을지도 모른다. 그래. 나는 그저 지금보다 행복해지고 싶을 뿐이다.

캠핑 안 가면
평범한 인생

월, 화, 수, 목, 금.

별다른 일 없이 다섯 날이 지났다. 회사에 갔다 와 아이를 돌보고 잠들기를 반복하는 일상이지만, 이번 주는 '특별하게도' 더 별 볼 일이 없었다. 마땅히 즐거운 것도, 기분 나쁜 것도 없는 한 주. 직장에서는 똑같은 일을 기계적으로 해댔고, 집에 와서는 설거지를 하고 넷플릭스를 봤다. 언제부터 이렇게 살았을까. 기억이 가물가물하다.

재미가 없다. 똑같이 반복되는 하루. 별일이 있든 없든 시간은 흘러간다. 정신을 차려보니 벌써 마흔이다. 언제 이렇게 나이를 먹었지? 50, 60, …… 삶의 마지막 순간도 조금씩 가까워지고 있겠지. 어영부영 이끌리듯 사는 하루에 적응해버린 걸까. 대체 무엇을 하면서 살아야 할지 모르겠다.

토요일 아침. 새벽 여섯 시에 저절로 눈이 떠졌다. 잠든 아내와 아이를 뒤로하고 조용히 일어나 노트북을 가방에 집어넣었다. 새벽 공기를 마시며 근처 카페로 발길을 옮겼다. 이곳은 음악 소리와 사람들로 북적댄다. 마치 여행지 호텔에서 조식을 먹으러 내려온 기분. 이곳에 있는 사람들은 왜인지 모르게 활기차다. 조용히 앉아 지난 5일의 기억을 더듬었다. 재미없던 날들이었다고 생각했건만, 생각해보니 별일이 참 많았다.

......

월요일에는 반차를 내고 동네 책방에 갔었다. 아이스 아메리카노를 마시며 책을 보고 글을 썼다. 저녁에는 아웃렛에 방문했다. 떡볶이와 순대를 먹었다. 어느새 자란 아이가 직접 옷을 골라 몸에 대보며 거울을 쳐다본다. 그새 많이 컸다.

화요일 아침은 지옥 같았다. 하마터면 지각할 뻔했다. 5분 빨리 가려고 평소에는 가지도 않던 고속도로에 진입했는데, 얼마 지나지 않아 심각한 정체가 나타났다. 고속도로에 갇혀 출근 시간에 가까워질수록 마음이 초조해졌다. 간신히 지각은 면했지만, 전전긍긍하며 손톱을 물어뜯던 내 모습이 아직 생생하다.

수요일 저녁에는 아이와 함께 일과표를 만들었다. 샤워하기, 밥 먹기, 우유 마시기 등 집에서 해야 할 일들을 표로 만들고 칭찬 스티커를 붙여줬다. 일주일 동안 빈칸 없이 미션을 완료하면 로봇 장난감을 사주기로 약속했다. 며칠간 지켜본 결과 다음 주에는 장난감을 사러 가야 할 듯하다. 참으로 고맙고 대견한 녀석이다.

목요일에는 외근을 나갔다. 걱정했던 일이었는데 생각보다 잘 풀려 기분이 좋았다. 평소보다 일찍 집에 도착해 청소를 했다. 날이 덥고 습해 땀이 줄줄 흘렀다. 찬물로 샤워를 하고 나와 말끔해진 집을 보니 내 마음도 시원하다. 아이가 치킨을 먹고 싶다고 해 동네에서 양념치킨에 생맥주를 한잔했다.

금요일에는 오랜만에 처가 식구들과 집에서 저녁 식사를 했다. 음식을 전화로 미리 주문하고 시간을 맞춰 갔는데, 도착해서 15분이나 더 기다렸다. 짜증이 밀려왔지만, 꾹 참았다. 동서 형님이 가져온 중국술이 너무 맛있었는지 안 좋았던 기억은 금세 사라졌다. 그렇게 웃고 떠들며 밤을 보냈다.

월, 화, 수, 목, 금. 재미가 없었던 게 아니었다. 돌아보니 특별한 일이 가득했던 일주일이다. 여유롭게 나만의 시간을 가져 좋았던 월요일, 지각하지 않아 감사했던 화요일, 아이와 함께 스티커를 붙이며 웃었던 수요일, 가족을 위해 대청소를 했던 목요일, 그리고 사랑하는 사람들과 함께 보낸 금요일 밤의 기억들까지. 그리고 주말에는 가까운 곳으로 캠핑을 가기로 했으니, 별일 없던 일주일이 아니라 완벽하게 특별했던 시간이다.

똑같아 보이는 따분한 하루도 자세히 들여다보면 그렇지 않다.

별것 아닌 일상에도 무수히 많은 '특별한 순간'이 있다. 그리고 이런 순간을 발견하는 기쁨이 생각보다 크다는 사실을 알게 됐다. 일주일을 나처럼 보낸 사람은 이 세상에 나밖에 없을 테니 나의 하루는 특별할 수밖에 없다. 그저 그렇게 생각하지 못했을 뿐. 삶이 무료하다고 느꼈던 건 순전히 내 탓이다.

인간은 망각의 동물이기에 시간이 지나면 과거의 일들을 잊어버린다. 특히 좋았던 기억은 잔잔하게 왔다가 사라진다. 며칠만 지나도 무슨 일이 있었는지 기억나지 않는다. 삶의 단편들을 조금씩 잊어버리는 게 두려워졌다. 조용히 다가왔던 기분 좋은 순간들을 잊지 않기 위해 휴대전화를 열고 기록하기 시작했다. 마음이 힘든 날, 마치 약을 먹는 것처럼 그때를 꺼내어 볼 수 있도록.

하루를 즐겁게 보낼 수 있도록 하는 힘은 내가 잊지 않고 기억하는 좋은 날들의 기록이다. 똑같아 보이는 24시간이지만, 그중에서 단 하나라도 기분 좋은 순간을 찾아내야겠다. 따분한 일상을 버텨내라고 세상이 나에게 준 효과 좋은 영양제라고 생각하면서.

어머니의
초고추장

캠핑장에서 모두가 잠든 늦은 시각, 나는 종종 혼자 불멍을 한다. 캠핑을 다니면서부터 생긴 습관이다. 결혼하고 아이를 키우면서 혼자만의 시간을 거의 가져본 적이 없는 내게 불멍의 순간은 꽤 특별하다.

화로대 옆의 테이블에는 바비큐를 해 먹고 남은 음식들과 반찬통이 놓여 있었고, 나는 거기에 놓인 작은 용기를 뚫어지게 바라보고 있었다. 그 안에는 어머니가 만들어주신 초고추장이 들어 있었다.

무언가에 홀린 듯 잊고 있던 기억의 단편이 떠올랐다. 아마도 내가 열 살쯤 되었을 무렵이다. 나는 마루에서 다 쓴 교과서를 찢어 딱지를 접고 있었다. 갑자기 부엌에서 어머니의 목소리가 들렸다.

"아들~ 밥 뭐랑 해서 줄까?"

"뭐 있는데?"

"깻잎이랑 김치 있어. 아니면 계란 해줄까?"

"오~ 계란 좋다. 계란에 밥 비벼 먹을래. 뭐 넣느냐 하면, 계란이랑, 간장이랑, 김칫국물이랑 그리고 초고추장!"

그날 먹은 비빔밥은 내가 기억하는 인생 첫 번째 비빔밥이다. 어머니는 직접 담근 고추장에 약간의 식초와 설탕, 참깨를 섞어 비빔장을 만들었는데, 고것이 참으로 계란과 찰떡궁합이었다. 회에 찍어 먹는 초장보다는 진했고, 일반 고추장보다는 고소하고 달콤했다. 어쨌거나 맛이 참 좋았다.

그날 이후로 어머니의 '특제 초고추장'은 나의 페이버릿(favorite) 소스가 되었다. 비빔밥은 물론이고 흰 밥에 김 하나를 툭 얹어 먹을 때도, 실패한 볶음밥이 밍밍할 때도 특제 초고추장만 있으면 맛있게 한 끼를 해결했다. 어머니는 내가 좋아하는 걸 아시고는 고향에 내려갈 때마다 한 통씩 싸서 주시곤 했다.

30년이 지난 지금도 우리 집 냉장고에는 그때의 맛과 똑같은 어머니의 특제 초고추장이 있다. 나는 캠핑을 떠날 때마다 자그마한 용기에 고추장을 담아 간다. 바비큐를 구워 쌈장 대신 찍어 먹어도 맛있고, 굴이나 해산물에도 잘 어울리니 그야말로 만능 소스다. 이렇다 보니 마흔이 넘어 이제 아저씨가 된 아들에게 어머니는 지금도 전화기에 대고 "초고추장 다 먹었어?"라고 물어보신다. 아내는 내 혈압이 높은 이유가 저 고추장 때문이라고 하지만, 나는 운동을 더 열심히 했으면 했지 고추장을 포기할 마음이 없다.

그렇게 4분의 1쯤 찬 고추장 통을 들여다보다가 갑자기 눈가에 촉촉한 게 느껴졌다. 아, 내가 왜 이러지. 눈에 재가 들어갔나? 그제야 어머니의 특제 고추장에 담긴 마음을 느낄 수 있었다. 식초를 섞어 적당히 찰진 고추장, 군데군데 박혀 있는 참깨, 보이지 않아도 나만 알 수 있는 매콤함과 달달함까지. 어머니의 초고추장은 그녀가 먼 곳으로 배달해준 따뜻한 밥 한 끼요, 자식을 향한 넘치는 사랑이었음을 깨닫는다.

칠십이 넘은 어머니는 여전히 어린아이 같은 막내아들을 위해 초고추장을 만든다. 내가 좋아하는 이 고추장을 언제까지 먹을 수 있을까를 생각하니 가슴이 아린다. 내일 아침에는 계란 프라이를 해서 남은 특제 고추장에 밥을 비벼 먹어야겠다. 그러고 보니 작년 추석 때 받아 온 고추장 통이 바닥을 보이기 시작한 것 같다. 내일은 어머니께 꼭 전화 한 통 드려야겠다. 고추장 다 떨어졌다고. 보고 싶다고.

보름달 빵과
초코우유

유난히 애틋하다. 이 정도까지는 아니었다. 매년 반복되는 가을이 이렇게 아쉬울 줄이야. "이 나이가 되면 다들 그런 거냐?"하고 친구들에게 물어보니 다들 그렇단다. 마흔이라는 나이를 넘겨서야 시간이 참으로 빠르게 흐르고 있음을 체감한다. 그나저나 올해는 단풍놀이를 하러 갈 수 있으려나. 가까운 산이라도 한번 다녀와야 하는데.

등산이라…… 어릴 적 생각이 난다. 이맘때가 되면 아버지는 형과 나를 데리고 종종 산에 오르셨다. 사실 일반적인 등산은 아니었다. 우리는 한참을 올라가다가 산길에서 벗어났고 수풀이 가득한 깊은 곳으로 들어가 버섯이나 산도라지를 따곤 했다. 그렇게 산자락 구석구석을 돌아다니다가 지치면 그 자리에 털썩 주저앉아 보름달 빵과 초코우유를 먹었다. 삼부자가 서로의 얼굴을 보며 빵 봉지를 뜯던 장면이 생각난다. 몸은 힘들었지만 재미있었던 추억. 지금 생각해보니 아버지는 당신 나름의 방식으로 육아를 하셨던 것이다.

아버지와 함께 올랐던 이름 모를 가을 산이 그리워져 그랬나 보다. 내 옆에 찰싹 붙어 유튜브를 보는 아이에게 말했다.

"아들, 내일 아빠랑 등산 갈까?"

"등산이 뭐야 아빠?"

"오를 등, 뫼 산. 요즘 한자 배우지? 말 그대로 산에 올라가는 거야. 가서 단풍잎 예쁜 거 주워 오자."

"그래!"

그리하여 아이를 데리고 월악산에 왔다. 퇴근하자마자 급하게 내려오느라 캠핑장을 예약하지 못했지만, 그런들 어떠하리. 물소리가 또렷하게 들리는 계곡 근처 주차장에 자리를 잡았다. 집에서 싸 온 유부초밥과 편의점 음식으로 저녁을 먹고, 노트북을 열어 라바 영화를 틀어주었다. 맥주를 홀짝거리며 휴대폰 메모장에 글을 끄적이고 있다. 물 흐르는 소리, 밤벌레 소리, 이따금 지나가는 자동차 소리를 들으며 잠을 청했다. 그렇게 있는 듯 없는 듯 차박을 했다.

다음 날 아침, 컵라면을 한 그릇씩 뚝딱하고 산에 올랐다. 덕주사 주차장에서 마애불까지 단풍이 가득한 길을 따라 걸었다. 등산 코스는 성인 속도로 40분 정도. 힘들다고 하면 바로 내려올 심산이었

아이와 함께한 가을 등산

지만, 고작 여섯 살인 녀석은 포기하지 않겠다며 조금은 험난했던 코스를 완주했다. 거의 다 내려와 다리가 아프다고 해 아이를 업고 걸었긴 했다. 그런데도 아이는 다음엔 반드시 정상까지 올라가겠다며 의지를 불태웠다. (그땐 너만 다녀오도록……)

캠핑이라고 해서 꼭 텐트를 치고 불을 피울 필요는 없다. 여행을 위한 캠핑도 훌륭한 캠핑이 된다. 캠핑은 그 자체로도 즐겁지만, 캠핑지 주변에 좋은 여행지가 있다면 놓치지 말자. 캠핑장에서 먹고 놀기만 하는 것보다 훨씬 더 의미 있는 여행이 될 것이다.

오늘따라 유난히 아버지 생각이 난다. 내 아버지가 그랬던 것처럼 나는 아이의 고사리손을 붙잡고 산에 오른다. 보름달 빵과 초코 우유 대신 축구공 모양의 젤리와 뽀로로 음료를 마시는 녀석의 얼굴을 눈에 담으며 아버지를 떠올린다. 오늘의 산행이 아이에게 어떤 시간으로 기억될지 모르겠지만, 먼 훗날 그저 행복했던 어린 시절 중 하루로 추억할 수 있다면 그걸로 만족한다. 그때 아버지도 분명 같은 마음이었을 거다.

비가오면
지렁이가 밖으로
나오는 이유

밤새 텐트를 때리던 빗소리가 잠잠해졌다. 평소보다 일찍 잠에서 깼다. 아내와 아이가 곤히 잠든 모습을 보며 조심스레 밖으로 나왔다. 캠핑장 뒤 숲속에 조성된 산책 코스를 천천히 걸었다.

피톤치드 충만한 공기를 느끼며 한 걸음씩 내딛다가 갑자기 발밑에서 무언가 꿈틀거리는 게 보였다. 헉, 뱀인가? 나도 모르게 엄마를 외치며 점프를 했다. (마흔이고 뭐고 나는 겁이 많다.) 자세히 보니 새끼손가락만큼 굵고 길이도 20cm가 넘는 대왕 지렁이 한 마리가 산책로 데크까지 올라와 꾸물거리고 있었다. 녀석을 피해 급히 걸음을 틀었다. 하마터면 밟을 뻔했다. 간 떨어지는 줄 알았네. 맞다. 어제 비가 왔었지?

비가 온 다음 날이면 지렁이가 많이 나타난다. 그 이유가 문득 궁금해졌다. 왜 그런 거지? 어쩌면 초등학생도 알고 있는 사실을 나만 모르고 있을지도 모르겠다. 부랴부랴 인터넷을 검색했다. 많이 민망하지만, 나는 지금까지 지렁이가 밖으로 나오는 이유를 이렇게 생각하고 있었다.

'지렁이는 습한 곳을 좋아하니까, 비가 오면 비를 맞으려고 밖으로 나오는 거겠지? 그러다 바보같이 말라 죽는 거고.'

하지만 내 생각은 전혀 사실이 아니었다.

지렁이는 다른 동물들과 달리 피부호흡을 한다. 피부 전체를 이용해서 숨을 쉬는데 비가 오면 땅속으로 비가 스며들어 땅속 공기층에 물이 차게 된다. 이렇게 되면 지렁이는 숨 쉴 수 있는 공기를 얻기가 점점 힘들어진다. 결국 녀석은 공기를 찾아 땅 밖으로 기어나올 수밖에 없다.

몰랐다. 정말 몰랐다. 지렁이가 살기 위해 밖으로 나온다는 것을. 그저 숨 한번 제대로 쉬어보겠다고 흙을 헤집고 올라왔는데 나와 보니 땅 위는 더 위험했다. 운이 좋아 내 발에는 밟히지 않았지만, 녀석은 곧 천적의 먹잇감이 될 것이다. 그도 아니면 천천히 말라 죽을 수도 있겠지. 웃어넘기기엔 조금 슬픈 이야기다.

살기 위해서 밖으로 나왔는데 더 힘든 삶이라니. 왜 그랬을까. 아등바등 꿈틀거리며 기어가는 이 녀석의 사정을 알게 되자 불현듯 묘한 동질감이 느껴진다. 드라마 '미생'에 나왔던 명대사도 함께.

"회사가 전쟁터라고? 밖은 지옥이야."

회사가 싫어 무작정 뛰쳐나왔더니 바깥세상은 훨씬 더 무서운 곳이다. 그만두고 싶다고? 충분한 준비가 없다면 퇴사가 정답이 아닐 수도 있어. 맞아. 회사 밖은 무서워. 퇴직금을 쏟아부어 사업을 시작한다고 해도 잘 된다는 보장이 없어. 하물며 부양할 가족이 떡하니 있는데 퇴사를 한다고? 너 미쳤어? 핏덩이 같은 자식을 앞에 두고 대책 없이 때려치우는 것보다 더 무책임한 일이 있을까? 아아. 나는 지렁이와 똑같은 고민을 하고 있다. 다시 머리가 아파진다. 그렇지만 언제까지 이렇게 살 수만은 없잖아.

살다 보면 변해야 하는 때가 온다. 빗속의 지렁이가 위험을 감수하고 밖으로 나올 수밖에 없듯이 어떤 식으로든 변화는 계속 찾아올 테니까. 예측 가능한 변화라면 다행이겠지만, 어쩌면 우리는 원치 않는 변화를 받아들여야 할지도 모른다. 코로나19 바이러스가 장기화되면서 이미 고용 충격이 시작되었다는 기사처럼.

변화의 그림자는 두려움이다. 필연적으로 실패에 대한 불안과 걱정이 마치 그림자처럼 따라다닌다. 이런 두려움을 극복하지 못하면 절대로 변할 수 없다. 땅속이 안전할 거라 착각하며 빗물 속에서 익사하게 되는 꼴이다.

나 역시 그렇다. 순탄한 듯 보이는 지금의 생활이 언제까지 유지될지는 사실 모른다. 평온하게 영원토록 이어질 것만 같은 삶에도 반드시 변화는 찾아온다는 것을 알고 있다. 그렇다면 나는 어떻게 살아야 할까.

변화가 필연적이라면, 나도 가만히 있지 않겠다. 변화가 닥친 후에 허둥지둥하는 것보다 변화에도 무너지지 않는 내 모습을 만들어놓는 것이 백배는 낫다. 이제부터라도 하나하나 만들어가야 한다. 변화에 이끌리지 말고 원하는 바에 따라 스스로 긍정적인 변화를 창출하게 된다면 더 바랄 것이 없다.

나는 많이 부족한 사람이다. 그래서 더 고민이다. 무엇을 해야 할지 아니 무엇을 하고 싶은지조차도 모르겠다. 막연하게 지금보다 잘 살고 싶다는 것 말고는. 하지만 끊임없이 고민하면서 그 질문에 대한 답을 구할 것이다. 내가 할 일은 원하는 바대로 변할 수 있도록 지금, 여기에서 조금씩 노력하고 행동하는 것뿐이다.

아재들의 화상채팅

싱가포르에 주재원으로 나가 있는 친구에게 카톡이 왔다.

"아이고 어르신(내 별명이다). 오랜만이야. 잘 지내? 캠핑 열심히 다니는 것 같던데."

"이게 누구여. 최 사장~ 뭐 그럭저럭 있지. 넌 어때? 거긴 코로나 괜찮냐?"

"어, 여긴 좀 잠잠해졌어. 지금은 한국이 더 무섭다던데."

"야. 오지 마라. 여긴 지금 난리다."

농담 반 진담 반 안부를 주고받던 중 다른 친구들의 얘기가 나왔다. 마흔이 되어서야 결혼에 골인한 C가 얼마 전 한 아이의 아빠가 되었다는 얘기부터 여전히 자유로운 영혼으로 살고 있는 Y의 근황까지. 다들 얼굴 본 지가 오백만 년인데, 이 시국이 지나갈 때까지 언제 기다려야 하냐며 투덜댔다. 언제 보냐 우리.

그러던 중 불쑥 이런 생각이 났다.

"말 나온 김에 오늘 밤에 한 번 뭉칠까? 어차피 못 만나는 거 줌(화상회의 시스템)으로 보면 되는 거 아니냐? 각자 술 한 병씩 들고 만나자. 어때?"

"오오. 좋은 생각이다. 애들 연락해볼게."

"그래, 이따 밤 11시쯤 만나자. 내가 방 만들게."

사십 대 아저씨들의 랜선 모임이라니. 아내에게 말했다.

"여보, 오늘 밤 11시부터 온라인으로 친구들 만날 거니까 나 찾지 말아주라."

"뭐냐. 아재들 모여서 화상채팅하나? 정말 가지가지 한다."

이 정도 핀잔이면 이미 허락한 것이나 다름없다. 친구들이 모여 있는 카톡방에 글을 남겼다.

〈긴급 모임 공지〉

일시: 2020년 ○월 ○일 오후 11시 (한국시각 기준)

장소: ZOOM

준비물: 각자 먹을 맥주와 안주

비고: 10분 전에 링크 전송 예정

약속된 시간이 되었다. 노트북을 켜고 ZOOM에 접속했다. 방을 만들어 카톡 단체방에 링크를 보냈다. 하나둘씩 들어오더니 오랜만에 보는 아저씨들의 얼굴이 화면을 채운다.

"ㅋㅋ 왜 이렇게 늙었냐. 요즘 힘들어?"

"야. 너는 왜 이렇게 돼지가 됐냐. 몇 킬로여?"

"이 자식은 얼굴이 반쪽이 됐어. 좀 챙겨 먹어라."

남자들의 안부 인사는 대개 이렇다. 주고받는 비속어 속에 깊은 정이 느껴진다. 대여섯 친구들이 모여 끊임없이 수다를 떨어댔다. 그런데 이거 정말 괜찮다. IT 강국답게 영상과 음성에 끊임이 없다. 마치 한 테이블에 둘러앉아 있는 느낌. 우리는 각자의 카메라에 맥주캔을 들이밀며 건배를 했고, 실컷 시시덕거리며 밤을 보냈다. 오랜만이었던 만큼 숨 쉴 틈 없이 즐거웠던 아저씨들의 화상채팅은 새벽 두 시가 다 되어서야 끝이 났다.

참 많이 변했다. 친구들과 만나기조차 쉽지 않은 세상. 어쩌면 제자리로 돌아가는 데 생각보다 오래 걸릴지도 모른다. 하지만 우리는 어려운 상황에 나름대로 적응하고 그 속에서 즐거움을 찾는다. 당연하다 생각했던 일상의 소중함도 조금씩 배워간다. 이렇게라도 얼굴 보니 참 좋다던 친구들의 말이 한없이 고마울 뿐이다.

그날 밤, 오랜 벗들과 미친 듯이 웃고 떠들면서 생각했다. 'Out of sight, Out of mind.'라는 말이 더는 통하지 않을 수도 있겠다고. 코로나 시대, 비록 몸은 멀어졌지만 우리는 여전히 뜨겁게 살아내고 있고, 여전히 뜨겁게 사랑하고 있다.

1+1은 2가 아니다

회사 주차장에서 J를 만났다. 그도 나와 같은 캠핑족인데, 얼마 전에 둘째를 출산했다는 소식을 들었기에 그에게 안부를 물었다.

"둘째는 잘 크고 있어? 요즘 캠핑은 못 가겠네."

"아니야. 와이프가 첫째랑 같이 있는 게 더 힘들다고 주말에 데리고 좀 나가래."

"그래? 나도 애랑 둘이 가는데 한번 뭉칠까? 어쨌든 대단해. 나는 하나인데도 힘든데 말이야."

"괜찮아. 근데 되게 신기한 거 알아? 둘째는 하나도 안 힘들어."

"에이, 거짓말. 하나에서 둘이 됐는데? 나 둘째 낳으라고 그냥 하는 말 아니야?"

"진짜야. 이게 한번 해봐서 그런지 훨씬 수월해. 옛날에는 네다섯

"겨울밤엔 물론,
생각보다 쌀쌀한 여름밤에도
캠핑장에서의 잠을 포근하게 해주는 필수품 침낭"

TRAVELLER 50

명을 어떻게 키울까 했었는데, 아주 조금은 이해할 것 같다니까."

"허허. 조만간 셋째 보겠구먼?"

집에 가는 길에 곰곰이 생각해보니 그의 말이 어느 정도 맞을 수도 있겠다. 부모의 삶을 살아간다는 것에는 기회비용이 따른다. 내 아이를 낳아 바른 사람으로 키우겠다는 의미는 차치하더라도, 현실에서의 육아는 분명 장시간의 노력과 헌신이 필요한 고된 작업이다. 그러나 J의 말대로 첫째를 키우는 것과 둘째를 키우는 것은 다르다. 왜냐하면, 그 고된 작업에 대한 '경험'이 있기 때문이다.

경험이라는 단어는 우리에게 안정감을 준다. 모든 것이 처음인 인생에서 '해본다'는 건 아주 중요한 의미가 있다. 아이가 처음으로 소파를 잡고 일어서는 일처럼 세상의 모든 일은 첫 번째 시도를 통해 이루어진다. 한 번이 두 번 되고, 두 번이 세 번 되고. 쌓이고 쌓여 익숙함과 안정감을 만들어낸다.

처음은 누구에게나 두렵다. 그렇지만 대부분 사람은 그 두려움을 이겨내고 인생의 대소사를 해결해나간다. 새로운 것에 도전하고, 자신을 발전시키는 사람들은 기꺼이 그 두려움을 받아들인다. 한번 해볼까 하는 마음으로 시작했더라도 두 번째는 훨씬 더 쉽다. 캠핑도 마찬가지다. 처음이 어렵지 막상 나갔다 오면 별거 아니다. 필요한 건 한번 해보자는 마음가짐뿐이다.

캠핑이든 무엇이든 인생에서 1+1은 2가 아니다. 두 번째 1은 같은 1임에도 분명히 1보다 작다고 느껴질 것이다. 마치 경제학 원론 시간에 배운 한계효용 체감의 법칙과 같이 반복될수록 어려움이 줄어드는 신기한 경험을 하게 될 것이다.

따라서 1+1+1+1+1+1…… 에서 가장 큰 수는 맨 처음의 1이다. 시작이 반이라는 말을 수학적으로는 절대 검증할 수 없겠지만 우리는 안다. 인생에서 처음이 갖는 중요성은 어쩌면 절반보다 클지도 모르겠다고. 세계적인 석학이나 스포츠 스타, 기업인들에게도 모두 처음이 있었다. 한 번 해본 걸 두 번째부터 어떻게 발전시키는가. 어쩌면 여기에 성공의 비밀이 있을지도 모르겠다.

두 번째 책(이 책)을 준비하면서 출간기획서 초안을 아내에게 보여주었더니 첫 번째보다 훨씬 좋다고 칭찬을 해주었다. (웬일이지?) 아내의 칭찬에 기분이 좋아 글을 쓰긴 했지만, 두 번째라고 쉬웠던 것만은 아니다. 하지만 분명 경험이 주는 익숙함이라는 것을 미약하나마 느낄 수 있었다. 원고를 쓰고, 퇴고하고, 기획안을 잡고…… 이런 작업을 한번 해보았기에 이전보다 조금이나마 수월하지 않았을까.

앞으로는 '에이, 내가 그걸 어떻게 해.'보다 '한번 해보지 뭐.'라는 생각을 더 많이 하면서 살아야겠다. 조금은 두렵고 어색하고 귀찮기도 하겠지만 그런 감정을 이겨내면서 하나씩 하나씩 이뤄가는 재미도 꽤 쏠쏠하지 않을까. 아, 물론 내가 둘째를 계획하고 있다는 뜻은 아니다.

아빠는
아프면 안 돼

지난주 즐겁게 캠핑을 다녀온 후 허리가 약간 뻐근했다. 통증이라고 표현하기엔 애매한, 답답함과 찌뿌둥함의 중간 어디쯤인 느낌이었다. 어젯밤에 잠을 잘못 잤나? 이 정도 뻐근함은 종종 있었기에 그냥 그러려니 하며 하루를 시작했다.

오늘 날씨 참 좋다. 집에만 있기 아까운 날이다. 아내와 아이에게 가까운 해수욕장이라도 다녀오자고 말했다. 짐을 챙기려고 물과 먹을거리가 들어 있는 캠핑 박스를 들어 올리던 그 순간.

"악!"

허리에 극심한 통증이 몰려왔다. 등 아래 우측 3분의 1 지점이다. 평소에도 근육이 뭉쳐 있는 곳인데 이건 정말이지 말로 표현할 수가 없다. 아프냐? 너무 아프다.

곧바로 누워 아내가 쓰는 롤링 안마기로 마사지를 했다. 허리가 끊어질 것 같은 고통이 몰려왔지만, 근육을 풀어준다 생각하며 살살 움직였다. 이만하면 괜찮겠지? 아이랑 모래 놀이하러 가기로 했는데…… 일어나 마저 준비해야지…….

그런데 일어날 수가 없다. 아니 내 몸을 돌려세우는 것조차 할 수 없다. 누워 있는 그 상태 그대로 나는 아무것도 할 수 없는 환자가 되어버렸다. 어떡하지. 나는 지금 진심으로 일어나고 싶다고!

"여보. 나 허리가 너무 아파. 바닷가 못 가겠는데……."

처음에는 장난치지 말라며 웃던 아내도 상태가 심각해 보였는지 걱정스럽게 말했다.

"괜찮아? 어떡해. 움직일 수는 있겠어?"

아내의 도움을 받아 간신히 침대에 누웠다. 치질 수술 후에 복부 마사지를 하려고 샀던(이러려고 산 게 아닌데) 온열매트를 등에 깔았다. 등을 들어 올리기도 힘들다.

큰일이다. 내 몸 여기저기가 조금씩 아팠던 적이 있었지만, 허리 통증은 그동안의 고통과 비교할 수가 없다. 아예 몸을 움직일 수가 없으니까. 일어설 수도 앉을 수도 돌아누울 수도 없으니 그저 와병 환자다. 정신은 멀쩡한데 몸을 가눌 수는 없어 답답해서 미쳐버리겠다. 아이고 허리야.

가까스로 휴일 진료를 하는 정형외과를 찾았다. 엑스레이를 찍어보니 다행히 뼈에는 이상이 없단다. 근육이 심하게 뭉쳐 있고, 부어

오른 범위가 꽤 크다고 했다. 통증 주사를 맞고 진통제를 처방 받아 돌아왔다. 아프다는 생각보다 내일 출근 걱정을 먼저 하는 내 모습이 싫다. 아픈 것도 싫고 못 움직이는 것도 싫고 내일 출근하는 것도 싫다. 다 싫다고!

허리가 아파 온종일 누워 있던 오늘(사실 이 글도 누워서 휴대폰으로 쓰고 있다.) 새삼 허리의 중요성을 느끼게 됐다. 무엇보다 해수욕장에 가서 모래 놀이를 하자던 아이와의 약속을 지키지 못한 것이 너무나도 마음에 걸린다.

아빠는 아프면 안 돼.

사십 대. 나는 지금 내 인생에서 가장 중요한 '허리 부근'을 지나고 있다. 마치 내 몸에서 허리가 이렇게 중요하듯, 삶의 허리를 마주하고 있는 나에게도 건강은 아주 중요한 문제다. 내 아이에게 슈퍼 히어로가 되어줄 순 없어도, 골골대는 모습을 보여주긴 싫다. 그러므로 나의 허리는 튼튼해야 한다. 남자니까. 아빠니까.

열심히 치료를 받고 통증이 없어지면, 다시 본격적으로 운동을 시작해야겠다. 아이에게 한없이 미안했던 오늘, 녀석을 위해서라도 내 몸을 더 챙겨야겠다고 마음먹었다. 내 나이 마흔 하나. 건강은 이제 바람이 아닌 의무가 되어버렸다.

서서 자는 나무

코로나 사태 이후로 캠핑 인구가 급속도로 늘어나면서 주말에 국립공원 야영장을 이용하기가 점점 힘들어지고 있다. 거리 두기 지침에 따라 영지의 절반 수준만 개방하니 더욱더 그렇다. 홈페이지를 통해 매번 추첨에 응모하지만, 당첨이 잘 안 된다. 그래도 나는 포기하지 않고 열심히 대기 명단에 이름을 올려놓는다. 운이 좋으면 취소된 영지가 생겨 나에게 기회가 돌아오기도 하니까.

내가 이렇게 국립공원 야영장을 좋아하는 첫 번째 이유는 물론 가성비가 좋기 때문이다. 사설 캠핑장 이용료(4~6만 원 선)의 절반도 안 되는 가격(성수기 기준 19,000원 + 전기 사용료 4,000원)에다 시설 또한 깨끗하게 관리되고 있으니 매력적이지 않을 수 없다.

두 번째 이유는 아름다운 산과 계곡을 만날 수 있기 때문이다. 국립공원으로 지정된 산들은 대부분 우리나라의 명산이다. 내가 가본 월악산과 치악산만 하더라도 아름답기로는 손꼽을 만하다. 가볍게 등산을 하거나 피톤치드 가득한 산책로를 걷다 보면 머리가 맑아지는 느낌이 들고, 내 마음도 뻥 뚫린다. 그래서 시간이 허락하는 한 야영장 인근에 있는 숲길을 찾아 걷고 걷는다.

아이와 함께 월악산에 다녀온 지 일주일, 떨어지는 나뭇잎이 아쉬워 다시 이곳을 찾았다. 주중에 내린 비 때문인지 풍성했던 나무들이 홀쭉해졌다. 대신 엄청난 양의 낙엽이 산책로가 보이지 않을 정도로 바닥을 가득 메우고 있었다. 이 녀석들은 이제 길고 긴 겨울 준비에 들어가겠구나.

봄, 여름, 가을, 겨울 그리고 나무. 문득 궁금해졌다. 나무의 1년은 언제부터 시작하는 걸까. 나무의 말을 알아들을 수는 없지만, 나는 나뭇잎이 우수수 떨어지는 지금의 날들이 나무의 '연말'이 아닐까 생각한다. 나무는 앙상한 가지로 힘을 쥐어짜 잎을 틔웠고, 꽃을 피웠고, 열매를 맺었고, 씨를 뿌렸다. 그리고 남은 잎들을 비워내며 다음 1년 준비를 시작한다. 그러니까 떨어지는 잎들은 나무가 자신의 시간을 치열하게 살아냈음을 증명하는 것이고 아직 죽지 않았음을 스스로 드러내는 것이다.

나무야 나무야 서서 자는 나무야
나무야 나무야 다리 아프지

나무야 나무야 누워서 자거라

아이가 어린이집에서 배운 노래를 흥얼거리며 물었다.

"아빠, 나무는 왜 서서 자?"

뭐라고 대답할까 잠시 망설이다가 아이에게 말했다.

"응, 살아 있으니까 서서 자는 거야."

낙엽으로 가득한 산책로에서, 의아한 표정을 짓는 아이의 모습 뒤로 나무의 목소리가 들리는 듯했다. 나는 다시 열심히 살아 볼 거라고. 너도 그렇게 살아가라고. 쪼그라든 허파가 힘차게 기지개를 켠다.

가을 낙엽으로 덮인 산책로

기적은
땅 위를 걷는
것입니다

날이 추워지면서 강제로 캠핑을 쉬었지만, 사실 나는 캠핑을 못 가 몸에 비늘이 돋은 사람처럼 날이 풀리기만을 고대하고 있었다. 하지만 인생은 언제나 그렇듯 내가 원하는 대로 흘러가지 않았다. 길게만 느껴졌던 겨울이 끝나가고 이제 슬슬 움직여야겠다고 생각할 즈음, 예정에도 없던 수술을 받게 됐다. 아무 생각 없이 갔다가 극도의 고통을 경험하게 된다는, 악명 높은 치질 수술이다.

수술 자체는 아주 심플하다. 당일 아침에 입원해 약 20~30분간 수술을 받고 쉬다가 다음날 퇴원하는 간단한 일정이다. 그러나 고통은 최상급. 마취가 풀리면서 서서히 헬게이트가 열린다. 굳이 표현하자면 응꼬에 칼 하나가 꽂혀 있는 느낌이라고나 할까? 가만히 있으면 괜찮은 듯하다가도 괄약근에 힘이 들어가는 순간 엄청난 통증이 몰려온다. 우리 몸의 근육은 왜 이렇게 연결된 걸까. 아프다. 너무 아프다. 퇴원하면 곧바로 일상생활이 가능하다는 거짓말을 믿지 않았어야 했는데. 생전 처음 느껴보는 아픔에 삶의 질이 급속도로 떨어졌다.

출근해 사무실에 앉아 있기조차 쉽지 않은 일이었지만, 그중에서도 가장 힘든 건 매일 아침 화장실에서 볼일을 보는 시간이었다. 경험자라면 모두 공감할 것이다. 꽂혀 있던 칼이 장과 항문을 찢어내는 느낌. 먹은 것을 소화하고 밖으로 내보내는, 그저 매일매일 반복되는 일상이라 생각했던 것이 하루 중 제일 견디기 힘든 시간이 될 줄 꿈에도 몰랐다. 당연하게도 벚꽃이 다 질 때까지 캠핑은 꿈도 꿀 수 없었다.

앞에서도 이야기한 바 있지만, 여름에서 가을로 넘어가던 어느 날 캠핑 박스를 옮기다가 갑자기 허리에 통증이 왔다. 근육이 놀랐나보다 하며 잠시 누웠는데 그 뒤로 일어날 수가 없었다. 역시 생전 처음 느껴보는 고통이었다. 허리가 아프면 몸을 아예 움직일 수 없다는 것도 처음 알았다. 온종일 누워 찜질만 하다가 도저히 참을 수가 없어 병원에 다녀왔다. 통증 주사를 맞고 주말 내내 진통제를 먹고 나서야 간신히 일어날 수 있었다.

환자가 되어보니 전에는 몰랐던 것들을 알게 된다. 치질 수술을 하고 나서야 재채기할 때 괄약근에 힘이 들어간다는 것을 알았다. 매일 아침 세수하고 머리를 감는 일에도 굉장한 에너지가 소모된다는 것도 허리가 아파지고 나서야 알게 된 사실이다. 너무나 평범해서, 신경도 안 쓰고 있던 나의 따분한 일상이 이토록 소중해질 줄이야.

> "기적은 하늘을 나는 것도, 물 위를 걷는 것도 아니다. 기적은 땅 위를 걷는 것이다."
> - 틱낫한

허리가 아파 누워 있는 자는 희망한다. 내가 다시 회복해서 잘 걸을 수만 있다면 소원이 없겠다고. 치질 수술을 받아 매일 아침 고통에 몸부림치는 자도 소망한다. 앞으로는 식습관, 생활 습관을 고쳐 다시는 이 경험을 반복하지 않겠다고. 별일 아니라고 생각하며 놓치고 있던 수많은 일상의 행위들이 모두 기적이었음을 비로소 알게 된다.

굳이 나의 개인적인 아픔을 끄집어내지 않더라도, 우리는 이미 코로나19가 앗아간 일상 역시 그랬다는 것을 조금씩 알아간다. 좋아하는 사람을 만나고, 좋아하는 음식을 먹고, 좋아하는 곳에서 마음껏 뛰어놀 수 있었던 지난날은 모두 기적이었다. 일상이 멈추고 나니 뼈저리게 느낀다. 그것은 우리에게 주어진 선물이요, 보물이었다고.

몸이 아플 때 그랬던 것처럼 나는 희망한다. 다시 돌아오길. 다시 한번 평온한 일상을 누릴 기회가 주어지길. 한 걸음 한 걸음 내디디며 나아가는 길 위에서, 내가 마주하는 한순간 한순간이 모두 기적이라는 것을 알게 되었으니까.

나의 하루를 살아간다

캠핑지에서 맞이하는 아침은 특별하다. 텐트를 통과해 들어오는 밝은 기운에 눈이 절로 떠지고, 나무와 풀과 강물과 새들이 만들어내는 소리는 계속해서 무언가를 귓가에 속삭여댄다. 그래. 오늘도 어김없이 하루가 시작됐다.

시간이 갈수록 세상과 이별할 날이 가까워지고 있다는 생각이 들었다. 속절없이 지나가버리는 하루 그리고 나의 인생. 살아 있는 순간순간이 소중하다고 느낄 때 우리는 자신의 시간을 조금 더 격렬하게 쓸 수 있다.

새벽 공기를 마시며 나의 오늘을 상상했다. 어떤 일들이 펼쳐질까. 즐거운 일이 많을까, 아니면 크고 작은 어려움이 생길까. 나는 도무지 알 수가 없다. 그러니까 오늘 일어나는 모든 일을 그저 자연스럽게 받아들이고 대처하면 된다. 쓸데없는 걱정과 불안은 구석으로 던져놓고 지금, 이 순간에 충실하며 24시간을 보내면 그만이다.

가는 시간이 아쉽지만, 그것 때문에 기분 좋은 일들도 많다. 사랑하는 아이가 쑥쑥 자라는 모습을 볼 수 있는 것도, 예전에 세웠던 목표를 이뤄 기뻐하는 것도, 미래의 행복을 상상하며 웃음 지을 수 있는 것도 시간이 흐르지 않는다면 절대 겪을 수 없는 일이다. 물 흐르듯 즐겁게 살아가며 나와 나의 소중한 사람들이 어제보다 조금 더 행복한 하루를 보낼 수 있도록 에너지를 아끼지 말아야겠다.

오늘, 참 기분 좋은 날이다. 이래서 캠핑을 사랑할 수밖에 없다. 어쨌든.

힘들어도 포기하지 않을 용기
흔들려도 넘어지지 않는 하루
그것은 나를 많이 사랑한다는 것의 방증

PS. 본격적으로 캠핑을 시작한 지 3년밖에 안 된 초보 캠퍼의 짧은 지식을 담다 보니, 이 책에 수록된 〈캠린이's Story〉 부분이 캠핑 고수의 눈에는 부족하게 느껴질지도 모르겠다. 어디까지나 초보의 시선일 뿐이니 귀엽게 봐주시길 부탁드린다. 이상 비겁한 변명이었다.

"강과 바다, 산과 들판,
꽃과 나무들에게서
'내 자리에서 온전하게 살아가는 삶'을
배우게 된 것은
엄청난 행운이다"

맨땅에 캠핑

초판 1쇄 인쇄 2021년 5월 28일 | 초판 1쇄 발행 2021년 6월 11일

지은이 권수호

펴낸이 김영진, 신광수
CS본부장 강윤구 | 출판개발실장 위귀영 | 출판영업실장 백주현 | 디자인실장 손현지 | 개발기획실장 김효정
단행본개발파트 권병규, 정혜리
출판디자인팀 최진아, 당승근 | 저작권 김마이, 이아람
채널영업팀 이용복, 이강원, 김선영, 우광일, 강신구, 이유리, 정재욱, 박세화, 전지현
출판영업팀 박충열, 민현기, 정재성, 정슬기, 허성배, 정유, 설유상
개발기획팀 이병욱, 황선득, 홍주희, 강주영, 이기준, 정은정
CS지원팀 강승훈, 봉대중, 이주연, 이형배, 이은비, 전효정, 이우성

펴낸곳 (주)미래엔 | 등록 1950년 11월 1일(제16-67호)
주소 06532 서울특별시 서초구 신반포로 321
미래엔 고객센터 1800-8890
팩스 (02)541-8249 | 이메일 bookfolio@mirae-n.com
홈페이지 www.mirae-n.com

ISBN 979-11-6413-805-0 03810

* 북폴리오는 ㈜미래엔의 성인단행본 브랜드입니다.

* 책값은 뒤표지에 있습니다.

* 파본은 구입처에서 교환해 드리며, 관련 법령에 따라 환불해 드립니다.
  다만, 제품 훼손 시 환불이 불가능합니다.

북폴리오는 참신한 시각, 독창적인 아이디어를 환영합니다.
기획 취지와 개요, 연락처를 bookfolio@mirae-n.com으로 보내주십시오.
북폴리오와 함께 새로운 문화를 창조할 여러분의 많은 투고를 기다립니다.